光文社文庫

女はいつも四十雀《しじゅうから》

林　真理子

光　文　社

はじめに

　サイン会に行くと、いらした方からよく、

「あの連載、楽しみに読んでいます」

　という言葉をいただく。作家にとってとても嬉《うれ》しいことである。そして最近、〇〇でも△△でもなく、

「『ＳＴＯＲＹ』、読んでます」

　という言葉がとても増えた。私の読者の分布図がここに移行したということであろうか。

　思えばこの連載を始めて、早くも十数年がたとうとしている。その頃私も五十いったかいかない頃で、

「私の世代じゃん。いちばん書きやすいよねー」

　と筆もするすると進んだ。

しかし月日のたつのはなんと早いものであろうか。私ももはや前期高齢者、ババの仲間入りである。しかしエッセイというものは、

「昔を思い出して説教を垂れる」

と、とたんにつまらなくなっていくものだ。

極力そういうものは避けようと思ってきた。

そしてよくしたもので、超高齢出産をした私の、まわりの女性、たとえばママ友たちはほとんど四十代である。最近は五十代が増えたというものの、とにかく「STORY」世代ということに間違いない。

この頃の実感であるが、鏡を見ない限り、自分は見えない。集ってお喋《しゃ》べりをする人たちは、みーんな四十代から五十代にかけての顔をしている。すると私も、その一人、その仲間の一人と思えてくるのは自然なことだ。

髪型も彼女たちと同じ感じ、ファッションもサイズさえ許せば、「STORY」のグラビアに出ているようなものを買う。

そしてメンタルもババくさくなっていないつもりである。

思えば四十代というのは、本当に楽しい時であった。子どもを産み育て、ばりばり仕事もして海外旅行にも行った。

二十代は迷いの頃。とにかくがむしゃらに生きてきた。一冊の本でデビューし、有名人になりたい、お金も欲しいと焦っていた。

結婚をしたかったから、そりゃあいろいろ大変だった。

三十代も前半は大失恋をやらかし、もう生きるのもイヤーと思ったことさえある。三十代後半で結婚出来たのは奇跡のようなものだ。そして四十代がやってきた。

私よりひとまわり上のトガった女性は、四十歳の誕生日にショックで寝込んだという。そのくらい二十年前は、四十という数字は重たかったのだ。

「四十女《しじゅうおんな》」という言葉もあった。もう女としてはダメージを受けているのに、色気だけは持っている、という語感であろうか。男の人たちの妄想をもって語られる、性的に奔放な女たち。もはや完全に死語である。

私も実は四十になるのが、嫌で嫌で仕方なかった。

「もう中年女の仲間入り」

とさえ思った。

しかしどうであろう。頑張りさえすれば肌はピチピチ、ダイエットもすごくうまくいったのが四十代。ファッションだって何だって着られた（時期もあった）。そして男の人にもわりとモテたと記憶している。

他の友人に聞いても、人ヅマだろうと、子持ちであろうと、やはり四十代はモテ期。女としての黄金期だったというのである。

私はそういうことをエッセイに書きたいなあと思ってきた。五十代になると、じわじわと人の世の心配ごとが出てくる。自分自身の更年期もやってきて、親の介護も始まったりする。年頃を迎えた子どもたちの、就職や結婚問題も出てくるはずだ。

そこへいくと四十代はまだ平和な時である。そして楽しく有意義な四十代を迎えれば、その延長としての五十代がやってくる。そして五十代を頑張れば、私のように充実の六十代もやってくる。人生というのを、こういう風にして過ごしていきたいと思う。

「STORY」は、四十代の女のファッションや生き方を変えた。昔、その年齢の女性のファッションは、スーツやワンピースであったが、今、「STORY」を開けると、白シャツ、チノパンツ、フラットシューズが毎月登場するはず。四十代がナチュラルでいけるということを教えてくれた。

私もそんな風に毎月のエッセイを書いていきたいと考えている。

目次

2 手放すには惜しい妻でいるために

3 中年女が若い女に勝つ方法

装丁・本文デザイン——bookwall

1

素敵な元カレは、女のごほうびである

妻がいないと機嫌が悪い夫を持つ、たいていの主婦は〝ありのまま〟に夜遊びなんかできない！

今年の夏はとても楽しみだ。

なぜかというと、夫も娘もそれぞれが海外に出かけるからである。

私など好き勝手、好き放題のことをしているようであるが、夫にとても気を遣う。この十数年、お酒の二次会に行ったことはほとんどない。カラオケも指を折るぐらいだ。食事が終わるやいなや、一刻も早くうちに帰る。夫がイヤな顔をするからだ。

会食が続くと、

「いいかげんにしろ」

と怒られる。

この話をすると、たいていの人が、

「私は仕事をしてるんだから、そのくらい我慢しなさいとガツンと言ってやりな」

と言う。私もそれが正しいことだと思うが、言うのはめんどうくさい。口ごたえしようものなら、十倍ぐらい怒って口をきかなくなるからである。

書くという仕事をしている私は、平常心を保つことを第一に考えている。夫婦喧《げん》嘩《か》をして、心に荒波を立てたくないのだ。夫と激しく争うと、こちらの胸が騒いでなかなか仕事に取りかかれない。だから私はたいていのことはじっと我慢し、自分を抑えるようにしている…。

などと書こうものなら、夫は、

「ウソつけ！」

と怒鳴るに違いない。この程度では抑えているうちに入らないそうだ。

それはともあれ、うちの夫は妻がいないと本当に機嫌が悪くなる。オヤジなので妻が酔っぱらって帰るのが大嫌い。シャックリでもしようものなら、

「だらしない！」

と夫の罵声がとぶ。

「だけど私なんか食事の席からいつもまっすぐ帰ってくるんだよ」

「あたり前だろう」

「他の人たちなんか、みーんなこの後カラオケに行ったよ」

「どうせ、キミの友だちの変わった業種の人たちなんだろ」

「ううん、ふつうの奥さんだよ」

「ウソつけ！」

　これは本当、私が心の底から羨《うらやま》しくなるのは、自由と安定とを手に入れた主婦たちだ。みんな毎晩のようにどこかで飲んでいる。それもかなりの量だ。確かお子さんがいたと思うが、

「主人がみてくれている」

「実家に置いてきた」

　という返事が戻ってくる。羨しくて仕方ない。

　そして私にはひとつの記憶が甦《よみがえ》ってくる。バブルの時代、私の友人はすごいお金持ちと結婚した。週刊誌が、

「現代のサクセス・ストーリーのヒーロー」

　と持ち上げた実業家だ。二人が住む広尾《ひろお》の超高級マンションに、ある時夕食に招待された。私と一緒にテーブルを囲んだのは、同じマンションに住む奥さんたちだった。このマンションは低層で、ワンフロアいち世帯が住む贅沢《ぜいたく》なつくりだ。彼女以外に若く美しい奥さんが二人いたが、一人は政治家の、もう一人は有名なエンタメ系会社の社長夫人であった。

夕食の後誰が言い出したのか、

「女だけで〝二〇〇一年〟（懐かしい言葉だ）に行こう」

ということになった。〝二〇〇一年〟というのは、芸能人御用達の有名パブであったと記憶している。店の壁にダーツがある、いかにもバブルっぽいつくりだった。ホストのような美男子の従業員が、タンバリンを鳴らしながら、歌の相手をしてくれたっけ。

二人の奥さんのうち一人は、私たちをなぜか自分の部屋に連れていき、食器洗い機にいろんなものをほうり込んだ。そしてスイッチを入れる。

「さっ、歌いに行こう」

その時、子どもを二人連れて彼女のダンナさんがやってきた。子どもたちはまだ幼なく、パパの足にまとわりついている。彼女よりかなり年上のご主人とみた。

「いい加減にしろ。今から歌いに行くだと！」

当然のことながらご主人は怒った。しかしフンという感じで無視していた妻。

彼女が離婚したという噂《うわさ》話を聞いた。そして私の友人、もう一人の奥さんと、あの夜一緒に歌った三人の女性はみんな夫と別れた…。それより驚いたのは、その時から二十年近くたった後、ある有名な俳優さんと対談したら、奥さんも従《つ》いてきた。

「ハヤシさん、私のこと憶えてますか」

なんとあの時、旦那さんに怒鳴られた夜遊びの人妻であった。今はこのスターと結婚しているのだ。ああびっくりした。ごくマレにこういう機会もあるけれど、妻の夜遊びというと、いつもあの夜のことを思い出す。寛大な旦那はそんなにいるものではない。

『レット・イット・ゴー～ありのままで～』

この歌が流れるたび、

「そんなこと出来たらやってみな」

とひとりつぶやく私である。

「理想の結婚」を叶える唯一の方法は、その男性と出会う場所に自分を持っていくことだったのかもしれない

同窓会でのＬＯＶＥというのは、昔の自分の努力がもたらしてくれたご褒美のようなものだ。最近そう思えて仕方ない。

だってそれなりの学校を出ていないと、出会う男もショボくなるのだから。

私の出た高校は、当時県下でも有数の進学校であったが、成績別にクラスを編成していた。成績優秀者を集めたクラスは、校舎も違っていたからすごい差別だ。私ら成績のふつうから下の生徒は、その頃校舎を新築中であったので、プレハブの仮校舎。真夏でも天井に扇風機がゆるーくまわっていて、私たちに午睡をうながしたっけ。その頃頭のいい生徒たちは、まだ壊していない旧制中学時代の荘重な校舎で、エリート意識を植えつけられていたのである。

大人になってから東大卒の同郷の男性と会った。話して驚いた。高校も同じ、卒業年度も同じなのに、私は全く彼を知らなかった。分離政策のためである。

ゆえに同窓会をしても、元のクラスの男性たちにときめくことはない。仲はいいけれど。が、私の仲よしで優秀クラスにいた友人は、同窓会で会った元のクラスメイトとたちまち恋におちて結婚した。彼は一流国立大を卒業して某国際的企業に就職したため、一時期彼女からの手紙は、ヨーロッパ、アジアのいろんな国から来たものだ。

大人になってからの仲よしはもっとすごい。昔の有名都立高卒業である。学校群制度が取り入れられてからしばらくたっても、トップの都立は東大合格者数を誇っていた学校である。だから彼女の話を聞くと、同窓会のメンバーがあまりにも豪華でびっくりしてしまう。弁護士、学者、官僚、大企業の幹部…。

バツイチの彼女は同窓会で、かつての初恋の人と出会い、そのままつき合うようになる。まるでテレビドラマのような展開だ。

「昔の高校生だったから、キスまでしかしなかった。だから何かやり残したような気がして」

という気分はよくわかる。

これは私の熱心な読者の話だ。ファンレターの中身を書くのは失礼であるが、二十年前のことだから許してもらおう。

「林さん、不倫というのは本当に起こるんですね。ドラマや小説の中だけの話で、まさか自分の身に起ころうとは思いませんでした」

という書き出しで始まるその手紙は、同窓会で出会った男性とのことが書いてあった。成績も見た目もパッとせず、クラスのお調子者の彼のことを、ずっと「ホリケン（仮称）」と呼んで小馬鹿にしていたそうだ。

「ホリケンは私のことが好きだったようですが、冗談じゃないってずっと無視していました。ところが二十数年ぶりに高校の同窓会に行ったらびっくり。なんとホリケンは医者になっているではありませんか」

身内の死のつらさから一念発起して、二流大学から医大に入り直したそうなのである。

「ちょっと惜しいことをした」

と思う彼女の心の隙間に、ホリケンはつけ込んだ。気づいたらそういう仲になっていたというのである。

「私のようなふつうのおばさんでも、こんなことが起こるんですね」

という感嘆はよくわかる。

そしてこういうのって「ギルバート症候群」の変型だなアと思うのである。『赤毛のアン』を愛読したわが国の中年女性は、たいていこれにかかる萌芽《ほうが》を持っているはずだ。

憎まれ口をたたきながら一緒に成長していった青年（アンにとってのギルバート・ブライス）と結婚するのは、女の幸せの原点であろう。私の同級生たちも、かつてのクラスメイトと結婚して、たいていはうまくいっている。離婚した話はほとんど聞かない。一緒に都会に出ても、ふるさとが一緒、正月やお盆に帰るところが一緒、というのは本当に強い絆《きずな》になるのである。

現代だとマイルドヤンキーと呼ばれる人たちか。地元意識が強く、同級生と結婚する率が高い。

が、「ギルバート症候群」というのは、男の方が高収入のエリートになっている場合に呼ぶ。私が名づけたつもりだが、本当にあるそうだ。びっくり。

少女だった自分のことをずっと知っていて、理解してくれていた男の子が、オートバイに乗ったヤンキーではなく、高級車に乗ったエリートとなって自分を迎えに来てくれる。これはすべての女性の望む究極の理想の結婚の形かもしれない。が、そのためにも女の子は一生懸命勉強していい学校に入らなくてはならないであろう。結局結婚は、その男と出会える場所に自分を持っていかなくてはいけないのだ。

妻がある時から、夫の見た目に口を出し始めるのは、「夫は自分の延長線」だからなのだ！

時々ヘアメイクを頼んでいる女性が言った。

「ハヤシさんところのダンナさん、髪の毛薄いですか」

「そりゃ、もうひどいもんだよ。年々バーコード化している」

「実はうちのサロンで使っている育毛剤があるんですけど、これがすごい効きめなんですよ。いろんな人に喜ばれています」

値段を聞いたらそう高くなかった。

「それならちょっと試してみようかしら」

「だけど三箱いっぺんに買ってください。三箱から効いてきますから」

三箱だとかなりの値段になったが、夫の頭の悲惨さを救うためだと思うと仕方ない。それからというもの、イヤがる夫の頭を押さえつけてマッサージをした。

「やめてくれよ。本当にこういうことするなよ」

怒っている。

「我慢してよ。ハゲの夫と一緒に歩きたくないのよ」

そう言いながら、案外これが本音かなと思ったりする。

世の中には、見惚《みと》れてしまうほどカッコいいカップルがいるものだ。オーナー系の社長夫妻だと、夫人もしかるべきおうちから来ていることが多い。お金のかかったおしゃれが身についている。

もうちょっと若いカップルだと、元モデルの奥さんに広告代理店勤務の夫、といった感じであろうか。休日の代官山蔦屋《だいかんやまつたや》書店で見かけることが出来る。バギーの中の赤ちゃんも可愛い。

が、世の中、奥さんが美人で素敵でも、旦那さんがイケていないカップルというのも結構いるものだ。その差があまりにもひどいと、

「この旦那、開業医か外資のディーラーかな。とにかくやたら収入が多いんだろうなあ」

とつい意地悪な気持ちになる。

知り合いの奥さんはほっそりした女優レベルの美女なのに、旦那さんは「ハゲ、デブ、汗っかき」と三重苦を抱えている。親の代からの資産家で、何ひとつ不自由

のない暮らしである。が、あまりまわりの女たちからは羨しがられていない。

「一緒にいると、どうみたって財産めあてっていう感じになる」

というのだ。

やはりカッコいいダンナに越したことない。が、そのカッコよさというのもあるニュアンスがあるのではないだろうか。あまりにも芸能人チックなカッコよさなど、みんなあまり望んではいないはずだ。ファッション誌で、スタイリストさんが変身させてくれるような高度なものも困る。ギョーカイ人風な、シャツから胸元を出したりする小ワザもちょっと…。

しゃれた素材のいいものを着ているけれども、適度に野暮ったさも残してほしい。そしてデブは絶対にイヤ。体型は維持していて、髪もフサフサというのが、妻の望む理想の姿ではなかろうか。

結局は夫は自分の延長線である。自分がどれほどキメていても、ダサくてデブな夫だといろんなことが台なしになってしまう。だから妻は、ある時から夫の体型やファッションに口を出すようになってくる。

「どうしてビールをそんなに飲むの？」

「ご飯、おかわりするのやめなさいよ」

健康を気づかっているようであるが、本当は外見を案じているのである。が、困ったことに、たいていの夫は妻の言うことなど聞きはしない。

うちの夫も、私が何か言うたびに、

「うるさいんだよ」

「余計なことを言うな」

とむっとする。

こうして小さな喧嘩を繰り返しながら、妻はちょっとだけ安堵《あんど》しているのではないか。なぜならナルシシストの夫というのは、本当にやっかいなものだ、ということを女は本能的に知っている。身だしなみがよく、おしゃれで服にお金を遣い、そしてダイエットにも気をつけている、という男性を知っているけれど、そういう夫は必ずといっていいくらい浮気をしているものだ。

自分のことにそれほど関心を払わないけれど、だが結果的にカッコいい夫。そんな男が夫だったらどんなにいいだろう。

が、心の中に不満はありつつ、夫と歩く喜び。街の中で、自分といちばん近しい男の人と寄り添って歩く。

そういう時、

「私たちってちょっとイケてるかも」

と思いたい。そうしてささやかな幸せを確かめたい。

結婚なんかいいことがない！
と思うけれど、自分を少しはマシな人間にしているのは、
"誰かと暮らす緊張感" なのかも

明け方、猛烈な吐き気で目が覚めた。

二日酔いである。昨日、友人の家に集まって、肉を戴きながら赤ワインをたっぷり飲んだのである。外のレストランなら、帰るきっかけがわかるのであるが、人の自宅だとそうもいかない。おまけに九時や十時を過ぎてもやってくる人がいる。

昨夜時計を見ると十一時近くになろうとしていた。げ、まずい。"模範主婦" である私は、こんな遅くまで飲んだりすることはない。朝、夫に、

「忘年会だから遅くなるから」

といったひと言が油断をさせているのだ。

が、それからのことはまるで憶えていない。一緒の方向で帰る男性とタクシーに乗り、途中で降ろしてあげたことはうっすら記憶にある。領収書もあったから、タクシー代もちゃんと払っていたんだろう。しかしとんと記憶がない。

年とともにお酒が弱くなっていく。特に今はダイエットのためにアルコールを断っているから、まわるのが早い。

ちょっと前、二、三年前までは、仲間とワイン会を開いて一人一本は飲んでいた。ところがほんの四杯ぐらいでこのような苦しみが待ち構えていようとは。つらい…苦しい…。私が独身だったら、たぶん起きるのをやめ、ぬくぬくとベッドの中にいたと思う。が、二日酔いのことを夫に知られたくない。もし、

「吐きそう…苦しい」

などと言おうものなら、

「だらしない。主婦が酒に酔っぱらって遅くに帰ってさ、二日酔いだなんて」

小言を口にするに違いない。もしそうなったら、今後飲み会に行きづらくなる。だからぐっと我慢をして、夫に朝ご飯をつくったのである。

本当に夫がいると不便なことばかりだ。行動にも制約がかかる。

先週九州の宮崎に用事があって行った。次の日は福岡で講演である。本来ならば〝テツ子〟の私は、特急〝にちりん〟に乗って北上し、福岡に泊まりたいところだ。しかし夫がうるさいので、どちらも日帰りにする。本当に疲れる。

「子どもだけだったら、誰かに泊まりにきてもらって、いくらでもどうにかなるの

に」

ぶつぶつ言っていたら、若い知人がこう言った。

「でもハヤシさんは、ご主人が重しになっているんですよ。結婚してなかったら、ハヤシさんは凧《たこ》みたいになってどこにでも飛んでっちゃいますよ」

なるほどなァと思った。

それにしても「隣りの芝生は青い」とはよく言ったもので、私のまわりの奥さんたちはみんな自由にのびのびとしている。ご主人はうるさいことを言わないから、みんな私なんかよりずっと夜遊びしているようだ。韓流スターを追いかけてソウルに旅するのもOKだし、女友だちと温泉へ行くのも許される。

「いいな、いいな」

と私は羨しくて仕方ない。

が、このあいだ意外なことを知ったのである。

初釜用に晴着をつくるんだったらと、友人が自宅に呉服屋さんを呼んでくれた。関西から車にどっさりと反物や訪問着を積んでもってきてくれたのである。お茶を習っている女が五人集まり、次々と商品を見せてもらった。

おべべを見て買う、というのは、異様に心を昂《たか》まらせるものである。興奮した私は、ついたくさんお買物をしてしまった。

「なんとかなるだろう。暮れにはあの本の印税も入ってくるし…」

と必死でお金を工面することを考える。

その時、一枚も手を出さなかった奥さんがいた。

「これなんか安いよ。つけ下げだからいろんなところに着てけるし」

とみなが勧めても、頑として首を縦に振らない。彼女のご主人は外資に勤めるエリートで、すごいお給料を貰っているはずだ。

「うちはお金はすべて主人が握ってるんです。今日は一枚も買っちゃダメだって」

そういうのもつらいかもと、私はちょっと同情した。いつも楽しそうに自由にしていた彼女だが、ネックはお金だったのか…。

結婚なんかいいことがない。それがわかっているくせに、人はたいてい結婚する。私のように一人で生きていける人間でも結婚する。そして若い人に、

「結婚はやっぱり一度はした方がいいわよ」

と説教がましいことを口にするのだ。それはなぜなのか、まだ私たちは答えを出せないでいる。ただ二日酔いでゲロしそうな自分は、誰かが見ているかと思うとしゃんとする。誰かと暮らす緊張感は、だらしない私に最低限のものを与えてくれる。

そして私を少しはマシな人間にしているかもしれない。そう思って今日も生きていく私である。そうとでも考えないと…。

「一緒にいると本当に楽しい」と男性にモテるのは、人生の盛りの四十代だから。そして、夫が価値を高めてくれているから

何度でも言ったり書いたりしているけれども、女にとって四十代というのは人生のいちばんの盛りである。

まだまだ若く美しい。そりゃあ二十代や三十代に比べれば、肌や髪の艶はちょっと負けるかもしれないが、洗練度においては四十代の方がずっと上である。おしゃれにお金が遣えるし、センスだってぐんとアップしている。体型も崩れていないから何を着ていたって似合う。

それより何より、多くの人が結婚しているので、心の安定も大きいはずだ。

今、既婚者は思い出して欲しい。若い頃の、結婚しなくてはという命題が、どんなに自分を縛りつけていたか。

私などある時から、男の品定めばかりしている自分に気づいて、ほとほと情けなくなってしまった。三十代になると、もう気もそぞろ、ちょっとつき合いが始まっ

た段階で、

「この人は私と結婚してくれるんだろうか、してくれないんだろうか」

と、そのことばかり考える。

そしてあちらにその気があまりないとわかると、ものすごく責めるか、あっさりとまわれ右をする。そのうちに三十代も半ばになり、私の焦り方もハンパではなかったと記憶している。次々とフラれても仕方ない。よく結婚出来たものだとつくづく思う。

そして結婚して迎えた四十代は、本当に楽しかったなア…。一時期ダイエットにも成功したこともあり、男の人たちがチヤホヤしてくれた。二十代の時よりも、三十代の時よりも、ずっとモテたのである。

このことで私は、

「そうかァ、結婚というものは、本当に男の人にとってはヤなものだったんだな」

と実感したのである。

人妻なら、つき合い方もおのずときまりがある。ということは、男と女としてヘンに期待されることもない。食事をしたり、お酒を飲む相手としては、私はかなり価値が高かったはずだ。だって話が面白いんだもん。

私に知識や教養があるとは言わない。しかし普通の人よりは、かなり引き出しがある、と知ったのは四十代の時であった。歌舞伎をはじめとする古典芸能も好きだし、オペラも大好物。たとえば誰かが、有田の焼き物について話す時は、あいづちをうつぐらいのことは出来る。政治についてお喋べりするのも、まあこなせたと思う。経済にはうといけれども、専門家の話を聞くのは嫌いではない。

つまり何を言いたいかというと、私はそれほどアホではなかったので、一流の人たちがいろんな話をしてくれた。

トシをくった私は、世の中の仕組みが次第に見えてきたのであるが、作家でも財界人でもクリエイターでも、若い女の子を連れまわす時期がある。彼女たちに教えるのは、セックスであり、そして味覚である。

名だたる名店のカウンターをちょっと見ればいい。中年の男たちが、キレイな若い女の子と一緒だ。そして、

「和食の時はやっぱりブルゴーニュの方がいいよ」

とか、

「新子《しんこ》の鮨は今でなきゃ食べられないよ」

といろんなことを教えてやっている。そして若い女の子たちは、

「わー、おいしい」

という貧しいボキャブラリーを発するが、それを男たちはニコニコしながら見ている。

その間、私はずっと自腹で食べていた。そう自腹でね。

そして四十代になった時、おじさんたちはなぜかこちらに目を向けてくれるようになったのである。同じような年代のグループで、金沢《かなざわ》や京都を旅行したりして、本当に楽しかった。

食事や飲み会にやたら誘われるようになり、私のスケジュール帳はすぐに埋まってしまった。同い齢《どし》か、それより上の男友だちは、若いガールフレンドは別においたとしても、四十代の私や友人たちをそれはそれは大切にしてくれたのである。

「一緒にいると本当に楽しい」

と何度言われたことであろうか。

四十代の自分の写真を見ると、なかなかイケてる。若さもあるし色っぽさもある。しかしあの時の人気を、今も私は維持しているのだ。すごいと思う。今日もワイン会や食事会のお誘いが入り、夫は怒っている。

この男の人は、実は私の価値を高めてくれている。そう思えばいろんなことが我慢出来る。これから〝モテ度〟格差は夫婦で拡がるばかりであろうが、何とかやっていこう。

素敵な元カレは、過去恋に泣いた女性へのごほうびである

バラエティ番組を見ていた。

中年の女性タレントが、ぞろぞろ出てくる。髪の薄さや、肌のシミ、弛《たる》みなどで加齢度を調べ、それに対処する方法を教えるというものだ。

細川《ほそかわ》ふみえさんが、離婚、ビンボーと苦労を重ねた結果、髪が薄くなっていることが判明した。このために専門家がついて最善の処置をする。体全体がとても疲れているということでボディマッサージを始めると、彼女はポロポロ泣き出した。とても癒されたというのである。フーミンの全盛期を知っている私は感慨無量である。大きな胸と愛くるしい顔とで大変な人気だった彼女も、こんな風に自分をさらけ出すなんて…。こんな風な番組に出るなんて…。

そう、この番組はちょっとトシがいってるタレントさんには、かなり残酷なものだといってもいい。はるな愛《あい》ちゃんや光浦靖子《みつうらやすこ》さんたちは、独特のキャラであっけ

らかんとしている。松本伊代《まつもといよ》ちゃんもそれなりに楽しんでいるようであるし、現役感のあるタレントさんはどうということなく見られるのであるが、ちょっと可哀想、と思うのはやはり「あの人は今」的な女性。

白石《しらいし》まるみさんという人に、私はほとんど記憶がない。昔はかなり人気のあったアイドルだったらしい。が、同世代の伊代ちゃんと比べると、ずっと老けて見える。ダイエットに励み、ヘアメイクも最新の伊代ちゃんと違い、彼女は顔も体も弛んでいたし前髪ぱっつん。中年の人が若い人を真似てあれをやると、例外なく〝イタいおばさん〟になる。

案の定、彼女は測定の結果、顔がものすごく弛んでいると判断された。横から見るとだぶだぶの二重顎である。その時、伊代ちゃんの発言から思わぬことがわかった。彼女はなんとMCの坂上忍《さかがみしのぶ》さんの恋人だったのだ。

「つき合っていましたよ、確かに」

と坂上さんも正直に言い、スタジオは騒然となった。しかしこの時の彼の態度がとてもよかったのである。

「年とったよなー」

と嘆きながらも、その眼は優しさといとおしさに溢《あふ》れている。毒舌で鳴らす彼が、白石さんをまぶしそうに見ているのだ。

　番組の中で白石さんは、ダイエットに精を出し、さまざまなトレーニングに励む。努力の甲斐あってかなりスッキリした。それを坂上さんの事務所に見せに行くという番組の趣向はやや悪意に満ちているかも。

「ほら、見て、見て」

　と彼女は自分のお腹をむき出しにした。

「どれ、どれ」

　と触わってみる坂上さん。おそらくそれは彼が愛した、二十代の引き締まったものとはまるで違うであろう。が、彼のまなざしはやはり温かい。そして照れている。

元カレって本当にいいもんですよね。

　この頃つくづくそう思う。たとえおじさんおばさんになっても、愛し合った記憶はちゃんと残っているし、そのことが彼、彼女を他の人から浮き立たせているのである。

　かつて亡くなった渡辺淳一《わたなべじゅんいち》先生もおっしゃっていた。かつての恋人はこちらの肉体を知り抜いているので、親身になって体のことを心配してくれる。いろんな相談にものってくれる。親しい異性として元の恋人はなんといいものだろうかと。

もちろんこれは、いい別れをした、という条件つきであろう。そして男の側が今、決してみじめになっていないこと。

白石さんはあきらかに、

「私はかつて坂上忍に愛されていたのよ」

という喜びと誇りに満ちていた。昔の恋人がこんな人気者になって、さぞかし得意であろう。私は有名人の男性とつき合った経験がないので、ここのところがよくわからない。が、たまに元カレと会う機会があると、みんな変わらないではないか。ハゲやデブになっていたらまだ諦めもつくのであるが、彼らはカッコいい中年男になっている。口惜しい。口惜しいけれども、その中には嬉しさと安心感がある。なぜなら自分がかつてあんなに好きだった人が、著しく劣化したら悲しいではないか。

今からずっと前、ある出版社の女性編集者と会った。この人と私は同郷であった。すると彼女は初対面の私に、

「○○知ってるでしょ。私は彼の恋人だったの。高校からつき合ってたんだから」

と言うではないか。○○はやはり同郷の有名文化人である。このように元カレの存在はずっと女の人生に深く影響しているのだ。フェイスブックのおかげで、私たちは元カレに会うことが出来る。セクシュアルな記憶をお互い抱きながら、一線を

越えぬまま、いじいじつき合うのも楽しいし、焼けぼっくいに火をつけるのも本人次第。素敵な元カレは、過去恋に泣いた女性へのごほうびである。

ああ、顔も夫もスパッと取り替える勇気が欲しい!
(我慢できそうな気もするけれど)

このあいだ、おしゃれな人たちが集まるちょっとしたパーティーがあった。その後、いちばん話題を集めたのは五十代の二人の女性だ。実は私もびっくりした。なぜなら、顔がまるで違っていたからだ。目が不自然に上がって、まるでキツネのお面をかぶっていたみたいであった。

「ついにお直ししたのね…」

「誰だかわからなかった」

私たちはひそひそと話し合った。このくらいのトシになると、整形といってもリフティングとなる。若い人のお直しとは違う。

話は変わるようであるが、週刊誌を見ていたら、今をときめく美人女優のデビュー当時の顔が出ていた。

「ふうーむ……」

とうなる私。このレベルなら、はっきり言ってどこにでもいるおネエちゃんである。が、今はものすごい美女。十年の歳月をへて洗練されたこともあるであろうが、あちこち直しているのは明らかだ。しかしものすごく微妙で、ものすごく巧みだ。どこがどう違うかわからないぐらいだが、その効果は素晴らしい。どうせ整形をするなら、こうした手術をした方がいいのではないか。それも若い時に。

以前仲のいい男性に言ったことがある。

「私もあれこれ言われるんだったら、若い時分に直しとけばよかった、口惜しい」

そうしたら、

「でも君の若い頃は、技術がちゃんとしていないから、今頃ひどいことになっていたよ」

かなりむっとしたが、この意見は正しいだろう。ごく初期にかなり顔を直した(と噂される)、往年のスターに偶然会ったところ、はっきり言って怖かった。もはや人間の顔をしていなかったのである。

が、今私がお直しするとしたら、美しくなるのではなく、リフティングのためであろう。久しぶりにレーザーでも受けようと、美容クリニックへ行くと、必ずと言っていいくらい医師に言われる。まず手鏡を見せられて、

「ほら、このこめかみのところを、ちょっと上げればいいんですよ」

と指で上げてくれる。

しかし私はこの顔にまるで食指が動かない。いわゆるキツネのお面顔になるからである。

つらくても、しばらくこのままでやっていこうと決意する。

自分の顔というのは、夫と同じかもしれないとこの頃思う。このまま我慢しようと思えば出来そうな気もするし、スパッと取り替えようと思えばやれそうな気もしてくる。

ついこのあいだ知り合いからメールが届いた。

「四度目の夫が、私の還暦のパーティーをしてくれるそうです。ぜひいらしてください」

えー、これってどういうこと！　私は震える指でメールをうった。

「二年前にお会いしたご主人は、三人目っていうことなの？」

「そうです」

彼女は芸能人でもアーティストでもない、事業をしているごくふつうの女性である。それなのに還暦を前に、また夫をチェンジするとは。私はその勇気と行動力、彼女の魅力に驚かされた。こういうのはものすごく羨しい。

そして彼女だけでなく、私のまわりに夫と別れ、再婚する人たちはどんどん増えている。四十代から六十代までその年齢は幅広い。

三十代から四十代のはじめに、再婚する人たちには特徴がある。それはここで初めて子どもをつくることだ。

これによって私は、

「最初の男はたたき台」

という名言（？）をつくり出したのである。生涯一人の男性を愛し抜き、添い遂げるというのはうるわしい人生であるが、私のまわりでは日々レアケースとなっている。配偶者に不満があったり、これは違うと思ったら、いったんそれを解消し、やがて別の人と結ばれる。こういう人たちは、諦めない人たちである。たとえ〝キツネのお面〟となっても、自分でこの顔が若々しく美しいと思うなら、さっさと手術をする。そういう女性の心意気と通じるものがあると思う。

私のように顔も夫も替える勇気もなく、毎日いじいじと暮らすよりもずっといいのではないだろうか。

人生いつでもリセット出来る。こう考えることは簡単であるが、実際に行動するのは大変である。めんどうくさいことは多いし、まわりにあれこれ言われるかもしれない。しかし決行した女性というのはカッコいいし、私はかなり憧れるのだ。

そう思えば、あの〝キツネのお面〟顔も、好意的に見なくてはと思うのだが…。

私は一度聞きたい、本人に向かってズバリ聞いてみたい、

「そのお顔、本当に綺麗《きれい》だと思っているのでしょうか」

嫉妬も詮索も愛するエネルギーの裏返し。ただ、いつかパチンとはじける日がくる

うちの夫がどれほど口うるさくワガママか、人は信じてくれないと思う。ちょっと見は、穏やかでやさしそうだからだ。

夫のワルクチを言い始めたら、百ページあっても足りないぐらいであるが、私たち夫婦をよく知っている男性はこう言う。

「ふつうの男の人は、あんなに奥さんにエバれないよ。おたくのダンナが、あれだけエバりちらすのは、奥さんに対して後ろめたいことが何もないからだよ。僕らだと古傷や今現在まずいことをいっぱい持ってるから、女房に気を遣うもの」

私は言った。

「あんなにエバられるぐらいなら、多少後ろめたいことがあった方がいいよ。ナンカあっても私は構わないよ」

そうしたら女友だちにたしなめられた。

「そんなことを言うのは、ダンナの浮気に苦しめられたことがないからだよ」

彼女のご主人は私もよく知っているが、某企業の重役である。スポーツマンでとても素敵な人だ。実は一緒にいると私はドキドキするぐらいである。まああの男性なら、他の女の人もほっとかないであろう。もちろん私はこんなことを彼女には言わない。なぜなら、だんだん友人の顔が険しくなってきたからだ。

水商売の人とは何度かそういうことがあったが、うまくごまかされてしまった。しかし会社の部下とそういうことになった時は、腸《はらわた》が煮えくり返りそうになったというのである。本気で離婚を考えたが、ダンナが必死で謝まり、子どももいることだしと親からも説得された。あれから十数年たつけれども、忘れることは出来ない。

「私は絶対夫のことを許すことが出来ないような気がする。もうちょっと年とって老後のことを考える時、私は夫とこの先もいられるか不安なの」

彼女はとても聡明で冷静な人なので、その言葉にかなりびっくりしてしまった。

また別の友人から最近相談を受けた。相手の女性が私の関係する会社の人なので、探ってほしいと言うのである。彼女は自分も仕事を持ちとても有能な女性である。

「見当はついてるんだけど、すっごく図々しい女なのよ。私はね、彼女のシッポをつかんで制裁を加えたいの」

と言った彼女の顔は初めて見るものであった。とても暗く醜くゆがんでいる。不倫がらみのごたごたや、嫉妬にまつわる話はさんざん見聞きしてきた。が、私の仲よしの女友だちのこんな表情を見て、私はすっかり驚いてしまった。しかし嫌な気分だけではない。夫をこれだけ愛しているエネルギーを羨しく思ったのである。

パリに住む知り合いからこんなことを聞いたことがある。

「フランスの女って本当に意地が悪いわよ、つき合っててげんなりするくらい。でもね、自分の夫や恋人にはすごくやさしいの。そうでないと他の女に奪われちゃうからね」

ある本にもこんなことが書いてあった。

妻の友人がやってきて、自分のうちで食事をしたりお酒を飲んだりする。見せたい写真をとりに妻は二階の寝室に行く。その間、夫は友人を口説く。フランスというのは、男と女にかけて全く油断出来ない国なのだと。

そこへいくと、日本のたいていの女はぬるい環境の中にいる。そして私のように夫をナメている。

「こんな男に、寄ってくる女がいるわけないでしょ」

しかしそういう中にあって、特別にやきもち焼きの女性がいる。私の知っている男性は、お店の様子や一緒に飲んでいる人をスマホで撮る。今いる場所を奥さんに送らなくてはならないきまりなのだそうだ。

一緒に飲んでいてこういうのは感じが悪い。私などいちばん安全な女と思われているらしく、

「いま、ハヤシさんと飲んでいるんだ…。うん」

そして時々妻と替わってくれ、などというから猛烈に腹が立つ。

「あなたさ、もうちょっとビシッとやったらどうなの。オレのこと信じられないのかって」

だけどうるさくて…という男性の顔を見て思った。世の中には、どうしてあんな嫉妬深い奥さんと暮らしているのだろうと不思議がられる夫がいる。が、妻に縛られ、詮索されるのが大好き、という男はかなりの数いる、ということがこの頃私にはわかってきた。芸能人夫婦によく見られる、ああいうのは一種の変態プレイだと思うが、ある日突然パチンとはじける。それを見るのは結構面白い。

結婚とは？　家族とは？　幸福とは？
それを、海老蔵《えびぞう》さんと麻央《まお》さんが教えてくれた

四月から五月にかけて、東京に住む人ならよく目にする光景があるだろう。それは朝の電車に乗ってくる親子連れだ。小学一年生とおぼしき子どもの手をひく、紺色のスーツ姿のお母さん。私立の小学校に入学した子どもたちが通学に慣れるまで、一ケ月間お母さんがつき添うのである。もしかすると半月でＯＫの学校もあるかもしれない。

いずれにしても有名私立の真新しい制服を着た子どもと、誇らし気な母親というのはとても目立つ。そうしたお母さんの大半は、とても綺麗でおしゃれだからである。それを見てすれ違う独身の女性たちは、少なからず羨望をおぼえるのではなかろうか。事実そういうことを口にした友人は何人もいる。

「きっとエリートの男性をつかまえて、らくらく私立にも通わせられるんだろうな。子どもも利口そうで可愛いし、本当に羨しいな。そこへいくと、私なんか毎日セカ

セカ働いて、なんだか悲しくなってくる」

私もかつて独身の頃、同じような思いをしたことがある。

幸いに、というのはおかしな言い方であるが、その頃の私は夜明けに寝て、昼頃起きてくる自堕落な生活、通勤通学の時間に電車に乗ったことがない。だからそうした親子連れを目にしたことがなかった。

私が心から「いいなぁ…」とため息をついたのは、海外旅行中空港で会う家族である。ツアーではなく、あきらかに赴任中の家族。旅慣れていて荷物も少ない。子ども同士英語で喋べったりしている。その姿は豊かさと幸福を表しているように見えた。エリートの旦那さん、海外生活、バイリンガルの子ども…本当に素敵と思った。

幸福の形はいろいろある。独身で生きるのを選んだなら、それがその人にとって幸福だ。が、私を含め大多数の人たちは、家族を持つこと、そして経済的余裕がある家庭を得ることを、いちばんわかりやすい幸福と考えるのではないだろうか。

だからこそ市川《いちかわ》海老蔵夫人麻央さんのシリアスな病気に、みんなショックを受けたに違いない。

輝やくように若く美しい麻央さん。誰からも愛される人柄と聞く。当代きっての人気役者から愛され、大切にされ、お似合いの美男美女カップルである。二人の子どもさんにも恵まれ、誰が見ても幸福のまっただ中であった。

それなのに、お子さん二人を家に残しての闘病はどんなにつらいだろうか。

ママ友たちとその話になったら、

「大丈夫かしら」

「子どもたちのことを思ったら、母親としてせつないわよねぇ」

みな目をしばたたかせた。

驚いたことに麻央さんのことは、単なる芸能ニュースではなく、みんな自分のことと受け止めているのである。夫にも子どもにも恵まれ、幸せな日々をおくっている。が、そういう生活というのは、ある日突然断ち切られることもあるのだ。その家の父親か母親が病気になれば、家中が深刻な事態になってしまう。

幸福というのは、なんとはかないものであろうか。実は家庭というのは、いろいろなリスクを背負っているものだと皆が知ったに違いない。

だからといってどうすることも出来ない。もしかすると、嫌な運命が待っているからと、びくびくして暮らすこともあり得ない。みんな家庭という小さな輪の中で笑ったり、お喋べりしたり、喧嘩したりしながら生きていくのであろう。

救いは海老蔵さんの言った、

「いつかこのことを、家族で笑って話せる日がくる」

という言葉であろう。

そうだ、つらいことを乗り越えて、また家族の輪というのは、大きくしっかりと線を引かれるのだ。麻央さんはきっと元気になり、海老蔵さんと、

「あの頃は、マスコミの対応が大変だったね」

と思い出話をしたりするのだ。

今回、海老蔵さんの記者会見を見て、ひとまわりも二まわりも大きくなっていることにびっくりした。テレビを見ている人たちはもちろん、マスコミの人たちにも充分な配慮がいきとどいていて感心した。これがあのやんちゃな海老蔵クンであろうか。ちょっと前までインタビューされている最中も、おふざけやちゃらさが消えていなかった。それがなんとも深味のある三十代になっているのである。家族への愛情もすごい。独身時代の、プレイボーイのおもかげは微塵《みじん》もなかった。これも麻央さんという、素晴らしい奥さんをもらったからだ。

結婚というのは、その人の人生だけではなくパーソナリティも変えてしまう。結婚をして、誰かを本気で愛し抜く。それがやはりいちばん幸福への近道だと、

海老蔵さん夫婦は教えてくれたのだ。

（ご存知のように麻央さんは二〇一七年六月に亡くなった。本当に残念なことである。ご冥福を心からお祈りします）

働く女性を見て思ったこと。「多くを望まず手元で探すから、最良の相手が訪れる」

「知らず知らずのうちに、人はいつでも最良の選択をしている」

　と誰かが本に書いていた。

　しかし配偶者に関して言えば、この言葉に素直に納得出来る人は少ないのではなかろうか。

「私は今の夫じゃなくてもよかったんだけど」

　という声を実によく聞くからだ。

「しつこくプロポーズされたから」

「他にいなかったし」

「嫁《い》き遅れ、って言われるのも嫌で」

「失恋直後で」

　とみんないろいろな言いわけをする。

しかし私から見れば、ほとんどが恵まれた専業主婦である。夫の収入だって格段にいい。エリートと呼ばれる人種である。それなのに、どうしてこんな贅沢を言うんだろうか。

「だって私、すごくいろんな人にプロポーズされてたんですよ」

と言うのはA子さんで、四十代の専業主婦。彼女はある私立の一流大学を卒業しているのであるが、

「自分の大学の男の子とはつき合わなかった」

んだそうだ。

「おつき合いするのは、東大生か官僚と決めていました」

彼女はある地方都市の、ふつうのサラリーマンの家に育った。勉強は出来たけれども、お姉さんは高校だけだし、親からは、

「地元の短大に行ってくれ」

と言われていたそうだ。

「だけど絶対に東京の大学へ行きたい。絶対に名門校に合格するからと親を説得しました」

そして念願の大学に入り、理想のキャンパスライフを実現したわけだ。が、A子

さんには、こういう経歴の人によくある、ガツガツした上昇志向がまるで見えない。自然体で賢く、しかも上品な美人である。

お子さんたちを下から有名私立に入れているが、彼女の出身校やご主人の存在もあり、ママ友からもいち目置かれているようだ。

このご主人というのが、学生時代に知り合った外資に勤める超エリート。肩書きも年収もすごい。

しかし彼女に言わせると、

「生活費はそんなに貰《もら》ってないし、気むずかしいし、いいことはあんまりない」

そしてあのセリフ、

「別に結婚相手は、夫じゃなくてもよかったんですけどねぇ」

と続くのである。

こういう時私はつくづく「上を見ればキリがない」という言葉を思い出すのだ。

「そんなこと言って一生暮らすんだったら、いっそ次を探したらどう？　あなたなんかキレイだし、まだ若いんだから思いきって探せば、きっと次が見つかるわよ」

私がそそのかしたら、

「実はこのあいだのことですけど、学生時代の遊び仲間と久しぶりに会いました。

彼は某企業の御曹司ですけどバツ2です。女運の悪さを聞いているうちに、彼がこう言ったんです。今のダンナと別れて、オレと一緒になる気ない？」

「すっごいじゃん、あの企業のオーナー夫人！」

「でもその彼、まるっきり好みじゃないんです。夫の方がまだ顔は好みかも」

「じゃ、ダメだ」

と私。

「いっくらお金があっても、嫌いなタイプと暮らすのは無理だよね」

その時私は、彼女が知らないうちに「最良の選択」をしていたことに気づいたのだ。彼女は都会で働くエリートを探していた。今の夫はその中で、顔の好みがいちばん近く、いちばん彼女を愛し求めた男なのである。

ところで夫に関して、かなりいい選択をしていると思うのは、マスコミで働く女性たちだ。女子アナを除いて、彼女たちに「玉の輿願望」は皆無である。私が主につき合っているのは女性編集者たちであるが、彼女たちはこぞって高学歴で高収入である（昔ほどではないが）。

そして彼女たちの選ぶ相手は、大学の同級生か職場の仲間と決まっている。選ぶテリトリーは狭いけれども、その分彼女の仕事を理解してくれている男だ。家事もかなり手伝ってくれる。二人の収入を合わせるから、かなりの暮らしが出来る。だからあんまり不満を聞かない。不満をたらたら人に言うヒマがあったら、さっさと離婚して次を探すのが彼女たちの特徴である。

自分で働いているからこそ、そう多くを望まず手元で探す。こちらはもっとわかりやすい「最良の相手」である。

フィフティフィフティでいたい。「中年のトロフィー・ワイフ」はめったにいないのだから

「トロフィー・ワイフ」という言葉を初めて聞いたのは、今から二十年ぐらい前のことであろうか。

男の人が成功し、お金を手に入れる。そんな人生の証として、奥さんをチェンジする。若く綺麗な女性、というだけではない。欧米は社交の世界であるから、そう頭カラッポのお人形さんでも務まらないという。ちゃんとパーティーを仕切るくらいの才覚は持っていなければならないそうだ。

アメリカ新大統領トランプさんの夫人は、典型的なトロフィー・ワイフであろう。が、整形バリバリの顔（たぶん）やファッションを見ていると、

「今までのファーストレディは、みんな知的でカッコよかったのになあ」

とため息をつかずにはいられない。

まあ、トランプさんの話になると長くなるからこのくらいにしておくが、日本で

もトロフィー・ワイフはいっぱいいる。私のまわりでも二度め、三度めに若くて美人の奥さんをもらう人は何人かいるのだ。

彼らは口を揃えて、略奪婚ではないと主張する。

「たまたま離婚（別居）した後に、偶然彼女と知り合ったんだ」

まあ、それは信じるとして、時々すごい略奪婚のドラマが繰りひろげられることがある。自由業の私たちのやくざな世界と違い、エスタブリッシュメントな方々にとって、それは許せないことらしい。

ある有名な財界人の方が言った。

「今年、軽井沢《かるいざわ》でいちばんの話題は、Aさんの離婚と再婚だよ」

Aさんというのは、私も時々おめにかかったことがある、某有名企業の社長である。この方は長年連れ添った名家出身の奥さんがいらした。二人とも六十代であったが、A氏はこの奥さんとお子さんとも別れ、ある日突然、二十代の女性と結婚したのである。

「その年でもう一度人生をやり直そうなんて、いい話じゃないですかァ」

私がいい加減な返事をしたら、話してくれた人はむっとして言った。

「僕たちの世界では、そういうことをする男はいちばん軽蔑されるよ」

ふうーん、おハイソな世間ではそんなに厳しいものなのかと驚いた記憶がある。都会はトロフィー・ワイフが珍しくない。たとえば休日の高級ホテルのレストラン、ハワイのハレクラニのプールなどに、そうした親子連れをよく見ることがある。パパの年齢がやたら高く、ママが若くて美人。一家の身なりがよくて、お金持ちの雰囲気ぷんぷん。

トロフィー・ワイフは幸せなのだろうか。

まわりの女性たちに聞いてみると、独身、既婚問わず、

「トロフィー・ワイフ、ぜんぜんOK」

という返事があった。お金がたっぷりあるのがまず羨しい、というのである。おまけに奥さんを甘やかしてくれそうだ。そういえば、二、三人知っているが、大金持ちのトロフィー・ワイフたちは夜遊びが大好きだ。ダンナさんのつてで、芸能人とも仲がいい。子どもをシッターに任せて、とても派手で楽しい生活をしている。が、ダンナさんは何も言わないらしい。

メリットはまだ幾つかあって、

「ダンナの両親はとうに亡くなっているから、舅《しゅうと》姑《しゅうとめ》のめんどうをみなくても済む」

という声もあった。が、五十代の男性と結婚すれば、介護はもうじきやってくる。

そうして多くの場合、ダンナには前の結婚の時の子どもたちがいる。その子どもたちとのつき合いもむずかしそうだ。

「お正月にちらっと来たいって言ったけど、私は断わった」

という友人もいたが、まあそう強気にばかり出られない。負い目もあるし無視も出来ないだろう。

そして自分の子どもがまだ小さい場合、他の兄姉の存在にショックを受けるということもある。自分の大好きなパパは、自分ひとりのもののはず。それなのに「パパ」と呼ぶ別の子どもがいることに、とても耐えられない子どももいるのだ。

そしてこれはとても大きなことであるが、略奪婚の場合、男の人は同じことを何度でもする。どういうことかというと、

「今の妻と別れ、別の女性と結婚する」

という人生の大きなハードルを越えた男性に、もうこわいものはない。もう一回飛んじゃうというのである。

略奪婚でものすごい大金持ちと結婚した友人が、最近離婚したと聞いた。他の女性に奪われたのだ。

「子ども抱えてかわいそう」

と漏らしたら、少しもかわいそうではないと友人が言う。しっかり慰謝料と養育費をもらっているそうだ。こうして考えると、最終的にトロフィー・ワイフはやはりお得のようであるが、私はどうも気がすすまない（そんな場面にあったことはないが）。

男と女はいつもフィフティフィフティでいたいと思う私。男は二度か三度め、こちらは初婚というスタイルは、ひどく損した気分。どうせならこちらも二回目の結婚相手として、しかるべき相手とめぐり合いたい。しかし日本では、お金持ちの男性ほど若い女性好きと相場が決まっているのだ。中年のトロフィー・ワイフはめったにいないのである。

「〝元カレ〟とどんな風につき合うか」というのは、四十代の大きなテーマである

少し前のことになるが、新聞の三行死亡欄に、大昔おつき合いをしていた男性の名前が載っていた。

「そうかぁ、この人と結婚していたら、私は今、未亡人になっていたのかァ…」

と感慨深いものがある。

私は小説家なので、別の人とのことを妄想した。若い頃本当に好きだった男の人が、もし死の床にあったらどうなるであろうか。奥さんがいつも病室にいるとする。

これは聞いた話であるが、そういう時の奥さんというのは、妙にカンが鋭くなっていて、来る見舞客を見張っているそうだ。私は女友だちと行くつもりであるが、もし病んで衰えた彼に会ったら、泣いてしまうであろう。そしてそれを、奥さんは「友人の涙」ととってくれるであろうか…とか、まあいろんなことを考えたわけだ。

不謹慎だとはわかっているが、好きだった男の人というのは、たとえ〝死〟を介

在したとしても甘やかな想像にひたることが出来る。

ところで〝元カレ〟という言葉が一般的になったのは、いつだったであろうか。十年くらい前から盛んに使われ出したような気がする。

友人たちと食事をすることになった時、その中の一人から電話があった。

「○○さんも誘ってもいい？　今、彼と一緒に仕事をしてるので」

もちろんですよ、と私。その頃彼とは年賀状くらい交していたからだ。そして当日、現れた彼を友人が、

「この人、マリコさんの元カレ」

と皆に紹介した時、私は少々面くらった。別れた時（私がフラれた）の涙や苦しみが、〝元カレ〟という軽い響きで表現されていいのかなーと思ったのである。が、本人も平気な顔でいたので、そういうもんかと納得してしまった。そして、

「昔好きだった人」

という言葉が〝元カレ〟に変わってから、結婚前の過去というのを、みんながさらっと語るようになった。そして〝元カレ〟に会うことも、みんな躊躇《ちゅうちょ》しなくなった。もちろんSNSの力も大きい。

「元カレとどんな風につき合いますか」

というのは、これからの四十代の大きなテーマである。

この連載でもしつこく言っているように、四十代というのは女性が本当に美しい時である。もちろん努力している人、という前提がつくが、内側から蓄えたさまざまなものが表に出て、さらに輝やきと香気を増す。そしてこういう女性たちの前に現れる〝元カレ〟。ご存知のとおり、〝元カレ〟というのは、ぐっとハードルが低くなる。

私のようなトシになると、〝元カレ〟もすべてが、

「恩讐《おんしゆう》のかなた」

という感じになるが、四十代ならすべての記憶がなまなましい。あんなことも、こんなこともしちゃった仲である。相手がしなびたおっさんになっていたなら話は別として、あちらもいまちょうど男盛りを迎える時。

これは前にもお話ししたが、私のファンから聞いた話である。高校の時、自分のことをすごく好きでいてくれた同級生がいた。が、顔もアタマもイマイチ。告白されたが、ご冗談でしょ、ととりあわなかった。ところが久しぶりにクラス会で会ったら、クリニックを経営する医者になっていたではないか。いったんはサエない私立大学に入ったものの、父親の死をきっかけに一念発起。勉強して医大に入ったと

か。ふつうのサラリーマンと結婚していた彼女は、

「すごーく損したような気分になって」、

すぐに不倫関係になるのである。

フッた相手にさえこうなのだから、〝元カレ〟がさらに一層素敵な男性になっていれば、心が揺れるのは当然のことだ。

私としては、W不倫というのはとてもリスクが高い、もしバレたら、家庭を失なってしまう確率が高いので、決してお勧めは出来ない。相手の奥さんに訴えられた例も知っている。

が、どうしても心を抑えることが出来ない、という人にダメ、という権利も私にはない。なんとかうまくバレないようにやってくださいね。

まあ〝元カレ〟というのは、ふわふわと曖昧な状態のまま楽しむのがいちばんいいかも。友だちというには甘ったるくせつないものが、まだ心の中に残っている。恋人となるにはブレーキがかかる。たまにメールで語るぐらい。だけどそれもある日なくなる。奥さんに気づかれたから。そう〝元カレ〟とつき合ってゲームオーバーと勝利の合図は、奥さんにヤキモチやかれること。今もそのくらい自分は魅力的なのだと頷《うなず》いておわりにしましょうか。

「一人で生きていける女になれ」。母の言葉が、身にしみてわかる夏

「女でも一人で生きていける人になりなさい」

これは最近亡くなった母の口癖だった。

「しっかり勉強して仕事を持つんだよ。結婚なんてしなくたっていい。もし人生のパートナーになる人が見つかれば、そのときに結婚すればいいんだから」

しかし怠け者の娘は、母の言葉が全く耳に入らなかった。勉強もしないでだらだら日を過ごし、

「お金持ちでやさしい人が、プロポーズしてくれないかなぁ」

とそのことばかり考えていた。かといって、自分を磨くわけでもなく、そういう場所に積極的に行くわけでもない。ただ幸運が舞い込むのを待っていたのだ。

とはいうものの、人生いろんなことがあり努力ということを知った。よくあんなぐーたら娘がと、母も驚くような頑張りぶりであった。

そして気がつくと、

「女も一人で生きていかなければ」

とかいう持論を、えらそうにいろんなところで言ったり書いたりするようになっていたのである。

が、その私の信念がぐらつくようなことが起こった。子どもが出来たことがきっかけだ。子どもを私立に入れたとたん、全く違う世界が展開したのである。豊かで幸福な母親がいっぱいいる場所だ。

ちょうど酒井順子さんの『負け犬の遠吠え』がベストセラーになった頃である。バーキンを持ち、しゃれたカジュアル服に身をつつんでランチするママたち。あの頃私は、仕事をさておいても、ママ友との親睦《しんぼく》に精出したものだ。本当に楽しかったなぁ。みんなお医者さんや弁護士、外資の役員、企業オーナーといった夫を持っていた。お金持ちでとても優しい。そして奥さんたちはとても大事にされていた。

「いいなぁ、こんな人たちもいるんだなぁ」

どれほど羨しかったことだろう。

私のように仕事で忙しくしていると、夫との軋轢《あつれき》が生じる。家庭と両立させようなどとは思わない。ただ夫の機嫌を損なわないようにと、そればかり考えていた

日々であった。身も心もクタクタだ。そんな時、仲のいいママ友は、

「友だちと一緒に週末、ソウルに行ってきちゃった。夏はイタリアにしようかな」

などと話す。

私はまわりのキャリアウーマンたちに説教を垂れたものだ。

「あなたたちも、いい男をつかまえて結婚したほうがいいよ。私さ、このトシまで必死に働いてやっとわかったよ。この世でいちばん幸福な人はさ、お金持ちの専業主婦だって」

そういう人たちがヒマでつまらない日常をおくっている、などというのは昔の話で、お金持ちの奥さんはみんなボランティアや趣味の活動をしている。

「働いて働いて、ヘトヘトになって、夫婦ゲンカばっかりしている私って、いったい何だろうって思うよ」

みんなうんうんと頷いてくれたものだ。

が、ここにきて驚くようなニュースが続いた。

私がずうっと「理想の夫婦」と考えていたある芸能人が、浮気をしたと週刊誌に報じられた。長いことつき合う愛人がいたようだ。

この大物の芸能人は、奥さんととても仲がよく、インタビューでこんなことを言

っていた。

「妻は僕の〝ティンカー・ベル〟で、毎朝元気の粉をちりばめてくれるんですよ」

「ピーター・パン」に出てくるあの妖精に例えたのだ。しかし浮気がバレて、そのティンカー・ベルの奥さんとは修復不可能のところまできているようだ。

そして日本中を騒がせているFさんとMさんの離婚騒動。あのご夫婦もうまくいっているように見えたのに、今は目をそむけたくなるような泥仕合だ。

二組の夫婦を見ると、男と女の仲は、なんとはかないのだろうと思わずにはいられない。どんなに愛し合った男と女でも、別れる時は別れるのである。一生続く愛情は、決して保障されるものではないのだ。

それならば、

「自分一人で幸せになる人間にならなくてはならない」

身にしみてわかる。

私は私を裏切ることはない。私は私をとことん嫌悪することはない。もちろん憎むこともない。私は私を本当に大切にしなければいけないのだ。

まずは一人で生きていける人間になる。

経済的なことばかりではない。いい友だちを所有し、自分でコントロール出来る強い精神を持つ。そのうえでの愛とか結婚なのだ。

「幸せなど一生続かない」

そう思って生きる人こそ強い。そしてちゃんと幸せになれるはずである。

ダイエットに成功して、他の男の人に愛でてもらいたい…
そんな「小さな妄想」で女は変わる！

毎日のように週刊誌やらテレビで不倫の報道がされている。もうどうでもいい…と思っている人も多いのではなかろうか。

昔はこんなにコンプライアンスを重視していなかったような気がする。ある一定の枠の中の俳優さん、たとえば歌舞伎役者さん、映画出身の大物スターといった人たちは、遊んでいることを公言していたし、世間からも許されていたはず。それが今では、よってたかって、

「奥さんが可哀想」だの

「社会的常識がない」

などと責められる。

しかし斉藤《さいとう》由貴《ゆき》さんの場合は別だ。私のまわりで彼女を悪く言う人は誰もいない。うるさ型の女たちも、

「あれだけ綺麗なら、もしあったとしても仕方ない」

と納得してしまった。昔のことを憶えている人もいて懐かしそうだ。

「もともと魔性の女だったよねー」

私も先日対談でおめにかかったが、本当に美しく色っぽい。あの大きな目でじーっと見つめられるとぼうっとなってしまったほどだ。

その時に面白い話をうかがった。ぽっちゃりしている時は、明るいお母さんの役しか来なかった。しかしダイエットしてからは、娘から恋人を奪おうとする役や、愛人役のオファーが来るようになったそうだ。

「頑張って少しずつ痩せたんですね」

私は彼女の五十歳という年齢を考慮に入れ、そう尋ねたところ、

「いいえ、こういうのは短期間にやらなきゃダメなんです」

ときっぱり。なんと二ケ月で十一キロ痩せたというからすごい。のんべんだらりとダイエットをやり、あまり成果の上がらない私には耳の痛い話であった。

それにしても本当に痩せない。年をとるとどんどん痩せなくなっていくというが、ここまでひどいものであろうか。糖質を抜き、テレビを見ながらエクササイズ。このあいだちょっと体重が減ったと思ったが、旅行にいったらまた増えと、空しい繰

り返しが続いているのだ。

が、私がもし四十代の女性で、ダイエットに成功したらどうだろうか。ハンパじゃなく痩せてボディラインも素敵になった。ジムに通い、死にものぐるいで頑張ったとしよう。

当然ごほうびがある。どんなサイズの洋服も買えるので、流行のものを買い、ついでにバッグもアクセサリーも。まわりの女友だちからは、

「わー、キレイになった。いいわねー」

と言われるだろう。夫や子どももちょっぴり誉めてくれるはずだ。

しかしそんなことぐらいでいいんだろうか。ダイエットに成功してステキなボディを手に入れたとしたら、やはり他の男の人に愛でてもらいたいとは思わないだろうか。

自分はうんと価値が上がったのだから、その場合はシャンパンとか、夜景の見えるホテルの部屋を用意してほしい。そしてそこで自分のすべてを誉めてもらえる素晴らしいひととき。おそらくその日から、また自分は光り輝やくだろう…と、多くの女は夢想するはずだ。しかしたいていは夢想で終わる。

なぜなら相手を見つけるのが大変だからだ。そりゃあ、ただ相手を見つけるだけ

だったら、ネットやら酒を飲む場所での出会いなどあるだろう。しかしそこで見つかるレベルの男を、みなは求めているわけではないだろう。

知性も社会的地位もあり、お金もなけりゃダメ。相手も失なうと困る多くのものを持っていてくれなくては困るのだ。つまり秘密を守れる、ということ。

が、そんな男の人というのは、まず出てこない。だからふつうの主婦は、斉藤由貴さんを自分におきかえて妄想するのだ。「恋」というごほうびを本気で「いいなぁ」と思う。私も羨しい。しかし羨しがっていても仕方ないので、何とか気持ちを別のところに持っていかなくては。

あと十キロ痩せたらすることをリストアップしてみた。

①ノースリーブのワンピを、カーディガンなしで着る。

②ガウチョパンツを、おうち着ではなく、外出着として着る。

③表参道《おもてさんどう》のウインドウで眺めるだけだった、ハイブランドのものを一着買う。

④何年かぶりにラペルラのシルクのスリップやブラを買う。

そう、うんと上質のドレスや下着は、女性の妄想をかきたてるものだ。そんなにいやらしく過激なものではない、小さな妄想。これで女の人はどれだけ変われるか。

それにしても斉藤さん、本当に綺麗…。

知性があって、小皺もまた魅力的な美しき五十歳。そんな〝尊敬される女〟になろうよ！

私が三十二歳ぐらいの時だったか。二人の同級生の女性を描いた小説を書いた。その中で彼女たちは、

「もう私たちは若くない」

と嘆いているのであるが、三十四歳の設定である。今から考えるととんでもない話で、三十代なら充分「若い女性」に入るはずだ。みずみずしい若さをまだ保っている。

今、新聞に連載小説を書いているのであるが、主人公と恋に落ちる女性の年齢を四十六歳とした。ちょっと上かな、と心配したのであるが、まわりの人たちから評判がいい。ちょうどいい頃合の年齢と言われた。私は男性の主人公を、深い教養を持ったディレッタントに描いている。その彼にこう言わせた。

「若くて綺麗なだけで女を選ぶなんて、何の美意識も持っていない証拠じゃない

か」

これは日本のロリコン文化に対する、私なりの警鐘である。三十代後半からババアと呼ばれ、もっといくと「熟女」という揶揄《やゆ》がかった表現をされるのだ。

そこへいくとかのフランスは、おじさんから少年まで、年のいった女性が大好きという。私もかつてパリのレストランで、五十代の女性が二十代の男性にじっと手を握られ、熱く見つめられている現場を見たことがある。そぉ、大統領からして、ずっと年上の女性を愛する国なのだ。あの夫妻を見ると、本当に素敵だと心から思う。

かのカトリーヌ・ドヌーヴさんが、相変わらず好きな女優の上位にいる。そのカトリーヌさんが、

「セクハラという言葉で、男性の〝口説く〟という行為を封じ込めてはいけない」

と発言し、炎上してしまったようだ。確かにちょっとこの表現はなぁ…、と思うこともあったが、彼女は性犯罪は言語道断と最初から分けて考えている。

「あれはアメリカ文化に対する、フランス文化のあてこすりだよ」

と言った人がいる。愛人問題で大統領が失脚する国アメリカ。反対に記者から愛人のことを問われ、あの有名な、

「エ・アロール（それがどうしたの）？」

と発する国フランス。その違いを彼女は指摘したのではないか。

とはいうものの、世の中は非常に複雑に入り組んできている。口説き口説かれ、などという呑気《のんき》な時代は過ぎ、女性の社会進出がこれだけ進めば、当然男性から権力をちらつかせられたり、取り引きを持ち出されたりの強要は増えていくに違いない。

ものすごくデキた女性新聞記者が、かつてこんなことを言ったことがある。新聞社に入ると、誰でも地方支局にまわされる。男も女もなく、朝早くから深夜まで取材に行かされるのだ。役所関係のえらい人のところにも押しかける。一人暮らしの官舎にも行く。すると酔ったそういう人は、若くキレイな記者に目をつけることもあるそうだ。

彼女はこう胸を張った。

「そりゃあ手を握らせるぐらいのことをしますよ。特ダネが欲しければキスぐらいのことはさせました。そこでセクハラだって、キャーキャー騒げば、それで終わりでしょう。そんなのは幼稚な女がすることです。特ダネかどっちか取れって言われれば、私は特ダネの方を選んだ。それだけのことですよ」

私はその時、何といったか、

「すごいね…」

とため息をついたような気がする。彼女の強さに驚嘆したのである。

しかし今ならこの疑問がわく。

「彼女はそれでいいかもしれないけど、次の女性担当者はどうなるのだろう」

女の記者というものはそういうものという先入観を持った男性の目にさらされはしないだろうか。

と、この問題は本当にむずかしい。

が、ひとつ言えることは、男性が女性を愛情や性の対象ととらえながらも、深い尊敬を持つ。そういう世の中になればいいなあということだ。尊敬を持ちさえすれば、アプローチの方法もおのずから違うはずである。そんなわけで、連載小説の次に登場する「運命の女」の年齢をさらに上げ、五十歳にしてみた。この高い知性と見識を持つ女性に、男たちは憧れを持ち、愛さずにはいられない。

昨夜はちょうど五十歳の女性と食事をしたら、その美しさと魅力にうっとりとしてしまった。かすかな弛みや小皺《こじわ》もニュアンスとなっている。ヒロインの年齢が上がってきている、これはとてもいいことだ。

妻という勝者に対して、別の意味で勝ち名乗りを上げたキョンキョン

私が子どもの頃、ずっとずっと昔の話である。「お座敷小唄」という歌謡曲が流行っていた。当時は芸者さんだった人が歌手になり、その格好のまま色っぽく歌うことが時たまあった。

ナツメロ番組で聞いたことがあるかもしれない。

「ズンチャ、チャカチァーン、ズンチャ、チャカチァーン」

というメロディから始まる。

「好きで好きで大好きで、死ぬ程好きなお方でも、妻という字にゃ勝てやせぬ、泣いて別れた河原町《かわらまち》」

最近この歌詞をふと口ずさむことがある。

「妻という字にゃ勝てやせぬ」

というところで思い出す。そう、小泉今日子《こいずみきょうこ》さんのことだ。

四十代、五十代の女性に大きな影響を与えるアイコン、キョンキョン。その彼女が堂々と不倫をしていると口にしたので世間は驚いてしまった。私などいかにもキョンキョンらしくて、いいなぁと思ったクチだ。きっと「お友だちです」などという嘘《うそ》をつきたくなかったに違いない。

しかしこのところ、

「相手の男性がなかなか別れてくれないので、業を煮やしてあんな宣言をした」

と書くマスコミがある。奥さんに向かって宣言したというのだ。

が、私はこれはちょっと違うような気がする。なぜならば彼女は、結婚などしたいとも思ってないのだ。奥さんを羨しいとも感じていない。

私は今（二〇一八年）、新聞に小説を連載しているのであるが、その中で主人公の男性と不倫している人妻についてこう書いた。

「人妻は相手の妻には嫉妬しないものだ。なぜならば自分のことを考えて、妻というものはそう愛されていないと知っているからだ」

やきもちを焼くのは、男の愛人に対してだけだと書いたのであるが、これは反響をよんだ。

「そんなこと初めて聞いた」

という男性が多かったのだ。男性週刊誌ネタにもなった。

一方妻という地位は高い。法律的にもちゃんと守られている。夫の不倫相手を訴えることが出来るのだ。

しかし愛情というものは、法律で縛ることは出来ない。そんなことはみんな知っている。

この頃よく目にするのは、既婚者の男性と、独身の女性との堂々たるカップルだ。パーティーにも二人で来て、夫婦のようにふるまう。

「奥さんがなかなか籍を抜いてくれないんだって」

「だったら仕方ないのね」

とみんな同情的だ。

都会にこのカップルは多いので、わりと理解がある。ちゃんとパートナーとして扱われることが多い。私も一緒に食事したりする。

しかし男性が奥さんと別れたとなると話は別だ。「略奪婚」ということになるからだ。

もう何年も前のことになるが、ある外資の有名な社長が、奥さんと別れて二十幾つか下の女性と結婚した。その時の騒ぎといったらなかった。

ある財界人は、

「僕たちの世界で、ああいうことをする男性は軽蔑される」

と言いはなった。

しかし、と考える。略奪婚出来る女というのは、かなりすごいのではなかろうか。独身の頃、わりと多くの女性は、既婚者とつき合ったことがあるはずだ。二十代なら、青春のちょっとした思い出、ということになるが、三十代となるとかなりドロドロ臭が漂う。

頭のいい女性は、まだ子どもが出来る年齢のうちに見切りをつけ、さっさと別の男性と結婚する。

「妻と別れて君と結婚する」

などという言葉は、実行されたことがないと知るからだ。

しかしものすごく魅力があり、しかも運が強い女性は、既婚者を獲得することが出来る。あの人は実は…と噂されるかもしれないが、そんなことはへいちゃら。やっかんでいるだけだからだ。

キョンキョンは、このタイプでもなさそう。相手の男性に奥さんと別れて欲しいとも思っていないようだ。それならどうして。

「妻という字にゃ勝てやせぬ」

ただ、自分よりも勝者がいる。そのことに誇り高い彼女は耐えられない。別の意味で勝ち名乗りをしたいのであろう。

四十過ぎると、「夫婦は一緒に老いていくのが一番いい」という言葉がずしりと響く

「あっ、私、このあいだ離婚しちゃったのよ。もう、いいかなぁーと思って」

あっけらかんと友人が言った。彼女は五十歳になったばかり。子どもは二人で、一人は大学生、一人は社会人だ。

「一緒にいる必要もないんだし、子どもたちも大きくなったし」

こんな風にだと、

「そう、よかったね」

と言わざるを得なくなってくる。

もう離婚などまるで珍しくない。右を向いても、左を向いても、バツイチ、バツ2ばかりである。

今から二十数年前、結婚前に夫と友だちを会わせたところ、そこにいた五人が私を除いてすべて離婚経験者であった。夫はかなり驚いたようで、私にこう言ったも

のだ。

「君のいる世界じゃ、離婚は珍しくもなんともないだろうけど、僕のようなサラリーマンの世界じゃ、そんなことはめったにないからね。わかってるね」

そうだったら、自分も心してかかれ。ちゃんとそのつもりでやれと、あの時どうして言わなかったのか。悔いが残る。おかげでまわりの人たちに、

「おたくの旦那、よくあれだけ威張ってられるねー。このご時世にすごいねー」

と感心されるような夫になってしまった。

まあ、そんなことはどうでもいいとしても、今どきサラリーマンの人たちも、離婚など少しも珍しくない。

私の友人が言うには、同期で仲よくしていたママ友が、三人次々と離婚していったという。

「我慢出来なくなった、っていうよりも、親御さんが亡くなったことが大きいと思うの」

と彼女は分析する。どういうことかというと、遺産によってまとまったお金が入ったのではないかというのだ。

「お母さんも一人になったから、娘と一緒に住みたがるのかもしれない。お金があ

って、親がサポートしてくれたら、離婚の決心もつくかもね」

サラリーマンの人たちもこうだから、俗っぽいことをよしとする、マスコミやアーティスト関係者などは、離婚していない人を探す方がむずかしいぐらいだ。私など、先輩の作家から、

「ハヤシさんって、今の旦那さん、何回め？」

と真顔で尋ねられたことがある。

先日もIT系のさる有名人とご飯を食べていたところ、お子さんの話となった。子ぼんのうの父親の、どうということもない運動会の話題だったのであるが、ふとこう尋ねてしまった。

「えーと、今の奥さん、二回めだよね」

「どうしてそんなことわかるの？」

びっくりされたことが意外であった。

「だって、あなたみたいな有名人でお金がある人はたいてい二回めだから」

と言ったら笑って納得してくれた。

彼の奥さんは同い齢ぐらいであるが、私のまわりでは二回めに際して、非常に若い女性と結婚する人が何人もいる。某有名なアパレルの会長は、奥さんと別れた後、

六十過ぎてから二十代の女性と結婚した。その後、二人のお子さんをもうけたので、大変な話題となったものだ。

若い女性と再婚すると、最初のうちはみんなが羨しがるようであるが、やがてその声がピタッと聞こえなくなる。年の離れた奥さんと結婚することがどれほど大変か、当の本人がいろいろこぼすからだ。精神的にも肉体的にも本当に大変らしい。

「ハヤシさん、僕はね、夫婦は一緒に老いていくのが一番いいと思っているんですよ」

ある人が言った。この人も二十歳年下の女性と結婚したばかりだ。

「僕が七十歳になった時に、妻はまだ五十歳ですよ。女としてまだまだ盛りです。そういう彼女に、老人となった僕はどう映るんだろうか。人生の歩調もまるで違ってきます」

大丈夫ですよ、きっと愛し続けてくれますよ、と慰めたものの、我ながらちょっと空々しく聞こえた。ただ、

「夫婦は一緒に老いていくのが一番いい」

という言葉は、ずしりと胸に響いたのである。共に歴史を刻み、五、六年の差で逝く。

私は男と女に関しては運命論者である。夫とは出会うべくして出会ったと思っている。そうでなければやっていけない。だから同時に占いも信じる。

「あなたはきっと離婚しますよ。そして必ずすぐに再婚相手が現れます」

この言葉に、どれほど勇気づけられたか。まだまだ自分はチャンスがあると信じられた。が、最近になってふと思った。

もし私に劇的な人生が用意されていたら、結婚の最中、「別れてくれ」という男の人が現れたろう。全くいなかったということは、

「夫と共に老いていけ」

という神のご指示であろう。

2

手放すには惜しい妻でいるために

八割は昔からの友だち、二割は〝冒険〟友だち。四十代が持つべき友は、その割合がいちばんいい

最近肌の調子がものすごくいい。宣伝になるといやなので、名前は言えないが一ケ月前に化粧品をすべて変えてみた。その際起こったトラブルは既にここでお話ししたとおり。

肌が自力で再生するために、いったんはひどいことになったのである。赤くなったり小皺が出てきたりした他、浅黒いシミが口のまわりに浮かんできた時はびっくりした。まわりの人たちからも言われた。

「その化粧品、肌に合わないんだよ。絶対にやめなよ。かなりまずいよ」

毎朝起きると「ひえーっ」という感じになったのであるが、一ケ月を過ぎた頃から肌が次第に落ち着いてきた。そして自分でも信じられないほど肌目《きめ》が細かくなり、白くなったのである。

今では白粉《おしろい》を軽くはたくだけ。いったい何をしたのかと会う人ごとに聞かれる。

いちばん嬉しかったのは、ヘアメイクの女性に、

「ハヤシさん、口のまわりの肌がぐんと上がってます」

と言われたことであろうか。みんなに誉められ、つくづく冒険をしてよかったなアと思う私である。

このトシになると、化粧品も同じものを使う。クレンジングして化粧水つけて、乳液つけてと手順も同じ。時々うんと高いクリームを使うけれども、そう大きな変化なし、着るものだって同じだ。私はこの十年くらいは同じブランドの服を買っている。

友人もそうかもしれない。人気のコンサートのチケットが取れたり、レストランの席が確保出来た時、

「誰を誘おうか」

と考える時、いつも同じ人の顔が思い浮かぶ。それが仲がいいということなのだろう。

何年か前にふと心に決めたことがある。

「もうこれからは嫌いな人とはつき合わない。無理をしてまでイヤな人と会うことはやめよう」

大人になってある程度の立場になると、こういうことが可能になってくる。苦手と思う人は拒否出来るのだ。

実は私、ある女性がどうも苦手で仕方なかった。まわりではとてもいい人、ということになっているのであるが、会うと微妙に心がざらついていく。さりげなく彼女が自慢話をするのもイヤ。自分のことを美人だと思っているのもナンだかなあ…と思う。が、彼女のことを嫌っているのをまわりの人に知られたくない…という気持ちもわかってもらえるだろうか。

あんないい人を嫌がるなんて、あなた、やっぱりひねくれているんじゃないの…と言われることを怖《おそ》れていたのである。が、決心した。

「ヤなもんはヤなんだから、もう会うことはやめよう」

そうしたらとてもすっきりした気分になったのである。

こう見えても私は、わりと人見知りである。こちらとの距離感を計ることもせず、ぐいぐい寄ってくる人が苦手である。最近知り合ったA子さんもその一人。A子さんは人懐っこい性格で、私のまわりのほとんどと仲よくつき合っている。だから誰かがものすごい確率で彼女を連れてくる。そのたびに「あーあ」と思う私。ある時、意を決して友だちにメールした。

「今度の食事会、A子さんが来るなら私は行かない。私、実は彼女のことすごく苦手なの」

が、こんなメールをした後でまだ悩む私。ものごとをはっきり言いすぎたんじゃないかしら…。

ところがあるしがらみで、A子さんと一日中つき合わなくてはならないことがあった。そうしたら彼女の明るさのわけがわかったのである。帰国子女のうえ転校ばかりしていた。新しい学校になじむために、ものすごく努力していたと聞き、私は自分の狭量さを恥じたのである。

私が思うに、中年女性が持つ友人は、八割が昔からの友だち。そして二割が流動性を持つ友人枠ではなかろうか。この二割はうんと冒険する。ちょっと違うかナ、と思う職種の人とつき合ってみる。うんと若い人も楽しい。私は最近ＩＴ関係の会社の若い女性とご飯を食べるが、とても刺激的だ。といっても刺激ばかりだと疲れてしまう。そんな時は八割の中から特に気の合う人を呼び出して、だらだらとお酒を飲んだりおいしいものを食べる。

ところで男友だちは、そう頑張らなくてもいいかもしれない。昔から続いている男友だちは、やはり相当気が合うということ。そしてこちらの老いもしっかりと受け止めてくれる。これはとても大切にすべきだ。

女子校育ちの「お嬢さま天国」が消えつつある時代に、四十代は何を思う⁉

二十数年前に「女子校育ち」という短篇小説を書いたことがある。

これは下からエスカレーター式に女子校に進んだ妻と、その仲間たちのイヤらしさを描いたものだ。三十代の妻は、何かというとかつての同級生たちと集い、こそこそ秘密を共有し合っている。地方出身の夫は、彼女たちが大の苦手だ。家に帰ると、妻の友人がよくいてお茶を飲んだりしている。最初は華やかでいいと思っていた彼であるが、次第に違和感を抱くようになる…。

あの頃世の中はまだバブルのまっただ中であった。今とは大学地図がかなり違っていたはずだ。女子大生ということだけでもちやほやされていた時代である。偏差値がたいしたことのない学校でも、下から上がってくる人がとにかくエラかった。「ゾク上がり」と、付属出身の人たちが憧れと、かすかな揶揄をもって語られていた頃だ。あの頃はちゃんとした地方の国立大よりも、東京の二流私大の方が

人気があり、

「なげかわしいこと」

と、ある人がコラムに書いていたのを憶えている。

特にこの傾向が顕著だったのが、いわゆるお嬢さま学校で、とにかく下から行かなくてはなんの価値もないと言われていた。公立の高校を出て、最終学歴のためにこういう女子大を出ている女性は、「トッピング女」とひどいことを言われたものである。

しかし世の中はすっかり変わってしまった。今はお嬢さま方もとても勉強する。「〇〇女子大卒」という肩書きだけでは、世の中渡っていけないことを知ってしまったからだ。だから幼稚園から「ゾク上がり」（もはや古語だ）のお嬢さまも、大学受験で外のランクの高い学校を受ける。あるいは最初から中学受験をして、とても偏差値の高い学校に行く。

バブルの頃、

「あの人は下から〇〇のお嬢さまなんだよ」

という会話が成立したが、今はめっきりなくなったような気がする。

女の子には大変な時代だとつくづく思う。甘やかされ大切に育てられた女の子でも、ある時が来たらうんと努力しなくてはならないのだ。が、この「努力をする」という能力は一朝一夕に出来るものではなく、母親たちは女の子をどう教育するか悩ましいところである。

ところで私は、このところ何度か名古屋《なごや》に出かけているのであるが、ここはずうっと「お嬢さま天国」だなァとつくづく感心するのである。価値観が「名古屋の嫁入り」の頃からあまり変わっていないのだ。

ある学校関係者の方が言った。

「名古屋のお嬢さんは東京に進学しません。父親が許さないんです」

そういえば東京で、名古屋出身の女子大生はあまり見かけないかもしれない。

「せいぜい京都か大阪ですね。実家からすぐに親が様子を見に行けることが条件です」

そして地元の有名女子大を出たお嬢さまは、結婚した後も同級生をとても大切にする。お稽古ごとも一緒に楽しむ。フラワーアレンジメントやお料理教室と、名古屋はその種のサロンが盛んだ。

私も最近そうした名古屋マダム何人かと親しくなったのであるが、みなさんとても楽しそう。華やかで美しいことは言うまでもない。いつ会ってもネイルは完璧、髪も肌もピカピカである。そういえばこの頃、女性誌の「素敵なライフスタイル拝見」も、名古屋の女性が多いような気がする。今でもこの「女子校育ち」の文化伝統は、名古屋に根づいているのだ。

女の子も勉強して、希望の職種に就き、きちんとした経済力を持つべきである。私のこの考えは一貫している。しかし美しい名古屋マダムと、その優雅な暮らしぶりを見ていると、

「こういうのもいいなァ…」

と感じざるを得ない。とはいうものの、

「ダンナさんがずっと元気で稼いでくれているとは限らないし…」

と意地悪な気持ちも頭をもたげる。

このところ知り合いのお嬢さんの披露宴に続けて出た。会場のスクリーンに映し出されるのは、まさしく恵まれた「女子校育ち」の青春の日々、名門校のセーラー服を着てはしゃいでいる少女たちの、愛らしいことといったらない。そこには多くの親たちが願う理想の姿があった。

願わくはこのおっとりした可憐な少女たちが、凛《りん》としたキャリアウーマンになっていてほしい。とまあ、私の心は矛盾し続けるのであるが、今の四十代はどうなの

だろう。女子校育ちは多いはずだ。自分の生き方を肯定するか否定するか…。時代の曲がり角で多くの女性がいろんなことを考えているに違いない。

四十代の今こそ、すべきこと。それは、「年をとったら絶対にこういうことはすまい」と思うことを記憶に刻んでいく作業

先日あるパーティーに出かけた時だ。

「ハヤシさん、ハヤシさんじゃないの。久しぶりね」

と知り合いの女性に話しかけられた。その時、背中がざわざわするような恐怖を感じたのは、その人の顔が崩壊していたからである。八十歳を過ぎたその女性は、かなり早い時期に整形手術を受けたと思われる。当時の技術は、今とは比べものにならないぐらい低レベルだったのだろう。年とって皮膚が薄くなっていったため、縫い痕が左右に走っているのだ。おまけに整形独特のヘンにつり上がった目と口…。私はすんでのところで「ギャー」と叫びそうになったのである。

最初に出会った頃は、今から二十年前だった。当時も「お顔いじってるな」とわかったけれどもそれほどひどくなかった。それよりもその方のプロポーションのよさや、華やかな服装が印象に残っている。それがこんなにおっかない顔になってし

まって…。そして喋べることも同じことの繰り返しで、ちょっと惚《ぼ》けてらっしゃるとお見受けした。

「女が年をとるってなんてみじめなことなんだろうか」

正直そう思わずにはいられない。よく、

「素敵な年のとり方」

というのを女性誌で特集を組むが、素敵に年をとっている人なんて本当にいるんだろうか。見たことがない。かろうじて思い出せるのは、わが業界からは瀬戸内《せとうち》寂聴《じゃくちょう》先生と佐藤愛子《さとうあいこ》先生ぐらいかな。

中年の頃はあんなに美しくてカッコよかった方たちが、年齢と共にいらないものを次第に身につけ、必要と思われるものを次々と脱ぎ捨てていくさまを見るのは悲しいものである。

が、見なくてはいけないとこの頃の私は考える。

「年をとったら絶対にこういうことはすまい」

と思うことを、ひとつひとつ記憶に刻んでいくのは中年の今、することではあるまいか。例えば私は、どんなに若い編集者でも絶対に〝君づけ〟はしない。ごく親しい人をニックネームで呼ぶことはあるが、〝○○君〟と呼ばないようにしている。

というのもその昔、大御所と言われる女性作家が、出版社の幹部を、
「○○君、いったいどうなってるの」
と叱っている現場を見たからである。エラそうに喋べることも気をつけているつもりでも、年をとりキャリアを重ねていくと、黙っていてもふてぶてしい態度に見られてしまう。ゆえに出来るだけ敬語を使い、常にスマイルを心がけている私である。

それと重要なことは、年をとるとだらしなくなるということだ。私など子どもの頃からだらしなかったが、若い時のそれと、年とってからの不精はとらえられ方がまるで違う。年とってからのだらしなさは、みじめさと直結している。

昔、取材で有名な女性評論家とおめにかかったことがある。一軒家に年下のご主人と住んでいた。見た目はふつうのお婆さんであったが、頭脳は明晰、昔のこともはっきりと憶えている。話ははずんだ。が、そのうちに私はあることに気づいた。評論家のスカートに、ご飯つぶがいくつかくっついていたのである。今でも私はその方の名前が出ると、あのご飯つぶを思い出すのである。

そして次のことを自分のキマリとした。

これから老いに向けて、出来るだけ綺麗にしなくてはならない、綺麗にお金がか

かるのは仕方ないことだ。だから出来るだけこまめに衣服はクリーニングに出す。古くなったものは捨てる。そして大切なことは、

「白いものは必ずクリーニングの袋を破ったものを着る」

ことだ。この頃私は老眼が進んでシミが見えなくなってきている。だからしてリスクはクリーニングによって避ける。

それ以外に、

「同じことをくどくど繰り返さない」

というのがある。これは近くにいる若い人に注意してもらうしかないだろう。それから、年をとった人がいつまでもその地位にしがみついていることの弊害もいっぱい見聞きした。あれはいちばんしてはいけないこと。

まあそういうことを小出しに思い出しながら、自分はそうみっともなくない老人になるつもりだ。うちは長生きの家系で、しかもボケないのでたぶん大丈夫だと思うが、こればっかりはそう目標を持たない方がいいだろう。

出来る限り綺麗にして、世の中にしゃしゃり出ることもなく、そこそこまわりに好かれる老人になりたいと思う。そんなことを考えるのは楽しくはない。楽しくはないけれど今のうちから見るべきものは見ておこう。それほど辛らつな視線をあて

ないようにしながら。

謙虚であることを忘れないために、〝ママ友問題〟という曲がり角がある

人気女優さんが、「ママ友」問題をこじらせて、大変な話題になっている。が、「STORY」の読者だったら、たいていはうまく賢くクリア出来たのではなかろうか。

どんな集団にも、派閥はあるしトラブルもある。が、「ママ友」は会社と違って、どうしてもつき合いたくない人がいれば、つき合わなければいいのだ。その中で気の合った人を探して友情を結べばいい。

幸いなことに、私は何人かのお母さんたちと仲よくなり、つき合いはずっと続いている。超高齢出産の私だから、みんなひとまわり下だが、年齢の差を感じたことはない。もちろんあちらは気を遣ってくれているのだろうが、ごく自然に食事や旅行に出かけることが多い。

そして私は、中年になってから、全く新しい人間関係を築くことが出来たことを、

本当に有難いことと考えているのである。

雅子さまが皇太子妃になられた時、皇室ともゆかりの深い曽野綾子さんが週刊誌にエッセイを寄せた。そのタイトルが、

「雅子さま、運命をお楽しみください」

であった。

私はこの言葉が大好きだ。

子どもが幼稚園の時、バザーのための手芸をした。不器用な私は大苦戦であった。エプロンをつけ売り子をし、おやつをつくることもした。どんな時も私は本当に楽しかった。

「子どもがいるからこそ、こんな体験が出来るんだ」

子どもが生まれなかったら、出会えなかったたくさんの人たち。

独身の頃、恵まれた専業主婦の人たちとは、絶対に気が合うはずはないと考えていたけれどもそんなことはまるでなかった。それどころか教えられることは多い。

専業主婦は世間を知らない、というのは全くの偏見であった。彼女たちはそれまで優秀なOLだったし、主婦になってからもボランティアや地域活動に精を出している。聡明な人は、主婦であろうとキャリアウーマンであろうと変わりないという

ことを私は実感したのである。

私のまわりでこういう人は何人もいる。編集者やテレビ局勤務のマスコミ関係、あるいはスタイリスト、ヘアメイク、プレスといったファッション関係者、いわゆるキャリアウーマンと呼ばれる人たちだ。彼女たちは比較的遅く子どもを出産し、学校に通わせているのであるが、たいていの人たちが、

「ハヤシさん、ママ友っていいですよねぇ」

としみじみ言う。こちらが忙しいことを充分にわかっていて、いろいろ協力してくれる。仕事にミーハーな興味を持っていて、そこが無邪気でかわいらしい。

私と親しい漫画家は、

「バザーの時なんか、ポスター描いたりすると、みんながすっごく喜んでくれる。編集者だとこんなに純粋に手を叩いてくれたりはしない。それがものすごく新鮮で嬉しかった」

と言ったものだ。

作家は作家なりに、漫画家は漫画家なりに、女優は女優なりに、みんな狭い世界に生きている。主婦だってそうだ。そしてその手で自分たちの価値観を構築していくのであるが、それが絶対だと思ってはいけない。違う世界の人たちと交わること

によって、反省をしたり、謙虚にならなければいけないのだ。

この謙虚になるというのは、大人になるにつれむずかしいものになっていく。私などは中年になってから、いきなりママさん一年生という場所にほうり込まれたわけだ。ここで私は、いかに自分が不器用で、いい加減な人間かということを思い知らされた。私がつくる手づくりバッグの部品は、いつも数が足りなくて何度もやり直した。

いつもだったら秘書に、

「後は適当にやっといて」

ということがここでは許されないのだ。

ハサミでフェルトを切りながら私は、いつもあの言葉を思い浮かべた。

「運命をお楽しみください」

はい、楽しんでいますよ、とつぶやいた。

いわば世間のアウトローのような仕事をしている私が、こんなちゃんとした場所にいるんだなアと幸せだった。

おそらく長く仕事をして母になった人たちは、私と同じ感想を持ったに違いない。

人生がずうっと同じに伸びているとしたらつまらないことだ。時々は思わぬ「運命」という曲がり角があってもいい、と考えるのは大人の余裕というものであろう。

ママ友問題はもちろんきれいごとばかりではないが、ママ現役の時にそれを口にするのは絶対にタブーのはずである。

人のワルクチを楽しむには、個室と、ワインと、芸のある友人が必要なのさ

「負け犬の遠吠え」という言葉がある。

酒井順子さんが書いたベストセラーではなく、私はこれを、

「恵まれない女性が、ちょっと知っている女性の悪口をキャンキャン言いたてること」

と解釈している。

私のまわりにも、そういう女性が何人かいる。四十代から五十代、独身かバツイチ。フリーで仕事を持っているけれども、いまひとつパッとしない。

こういう女性は、成功している女性の名前を聞こうものならとたんに表情が変わる。

「ああ、あの人のことならよく知ってるわよ」

と、ハイテンションになっていく。

そして口にするのは、

「おえらいさんとすぐデキて、のし上がっていった」

とか、

「誰それとつき合って、便宜を図ってもらった」

という極めて古典的なものだ。

私は彼女が口を極めて悪口を言いまくったご本人に、次の日偶然会うことになった。

「○○さんって、昔の仕事のお仲間なんですって」

私が彼女の名前を出すと、

「ああ、○○さん、懐かしいわ。今どうしているのかしら」

と顔をほころばせた。その表情がとても優雅で、私は昨日の「負け犬」とはえらい違いだなあとしみじみ思ったものだ。

「金持ちケンカせず」

という格言がある。金持ちだってケンカはするはずだ。ただ金持ちはケンカの仕方を知っている。のべつまくなしに、人の悪口を言ったりしない。

こう言った後で、自分の話をもち出すのは恐縮であるが、私は人の悪口をほとんど話さない。なぜなら、人のことを悪しざまに言うのは、そこにいる人たちに軽蔑されることに気づいたからである。

昔はそうではなかった。若い頃、私はとても猛々《たけだけ》しかったし、他人に向けて好き嫌いをはっきりさせていた。

みんなとお酒を飲んでいる時に、気にくわない人の名前が出てこようものならば、

「あの人ったら、とんでもないのよ。こんな噂があるんだから。知ってた？」

と、とめどなく聞き齧《かじ》ったネガティブな情報を流したものだ。

聞いている人たちは、

「へえー、知らなかった」

「そんな人なんですね」

とあいづちをうちながら、心の中では、

「ケッ、人のことを言えるタマかよー」

と私のことを嘲笑《あざわら》っていたに違いない。

私は最近モットーとして、

「複数で喋べっている時、誰かの名前が出たら、とにかく誉める。適当に話を合わせる」

ということにしている。数人ぐらいから話は漏れやすいからである。編集者というのも、秘密を守ってくれない人種だから気をつける。他の作家のことを悪く言ったりしたら大変だ。他社の方にまですぐに漏れる。

何か言いたくなる時、私はこんな風に自分の胸をなだめる。

「あの程度の人のことを、私が気にしていたり、嫉妬していると思われるのは絶対にイヤ」

私はこのすべを女優さんから教わった。某女優さんと何人かで食事をしている時、別の女優さんの名前が出た。こういう時、結構みんな意地悪くワルクチを待っているかもしれない。女優さん同士の葛藤というのは、おそらく作家の比ではないはずだ。

するとおっとりと、その女優さんは言ったのだ。

「私、全然知らないのよ。どういう方かもわからない。でも会ったらよろしく言ってね」

つまり彼女と共演するようなレベルではないと、暗に私たちに知らせているのである。

などと書くと、私がものすごくデキたいい人のようであるが、もちろんそんなことはない。お酒を飲んでいる時に、人のワルクチぐらい楽しいものはないのである。私は日頃から注意深く「同好の士」を選別している。キレイごとを言わず、率直で芸がある。芸があるというのは、同じワルクチを言うのでも、ピリッとユーモアをきかせてくれる人。そして、

「自分もナンボの人間だけどさ」

という意識を忘れない人。

こういう同好の士と思いきりワルクチを言うために私は個室を予約する。いいワインを持ち込む。このくらいの経費は当然と思ってる。だって私たち全員「勝ち犬」だから。遠吠えはしない。秘密の原っぱで思いきり吠えるのさ。

ピンチに陥った時は、まず「あ、来てる、来てる」と冷静に感じること。そうすれば、たくわえていた力ではじき返せるから

もの書きという仕事は、案外しんどいものである。

このように本が売れない世の中ならなおさらだ。大きく広告を出してもらい、期待されていたのに新刊書の売れゆきが悪い。原稿がなかなかはかどらない。そして何より思うようなものが書けないつらさは、ちょっと他の人にはわからないだろう。心をちょっと病んでしまった同業者は何人もいる。

このあいだもわりと親しい女性作家から、

「私ね、このあいだまでウツだったの」

と聞かされた。もっとも彼女はこのことをちゃんと本にしているからもう大丈夫だろう。

私は心も体も頑強だとずっと思っていた。気持ちの切り替えもうまいし、根が楽天家である。たいていのことは、ひと晩寝れば立ち直ることが出来た。

が、このあいだは最悪であった。

まず眠れない夜が何日間も続いたのである。

これはどうも飲んでいる薬が悪かったと後でわかった。ダイエットのために、体を活性化させる錠剤を二錠寝る前に飲んだのだ。このことをいきつけのドクターに言ったら、

「あの薬で眠れなくなるなんて聞いたことがない」

と首をかしげられ、

「じゃ、今日から一錠にして」

ということになったのであるが、やっぱり眠れない。

私はこういう職業には珍しく、不眠というものになったことがなかった。枕に頭を置くやいなや、朝までぐっすり眠ったものだ。その私が夜明けまでまんじりともしないようになったのだ。

そしてきっぱりその薬をやめたのであるが、ちょっと仕事のことで嫌なことがあり、また眠れない夜が続くようになった。そうしているうちに、体のいろいろなところが狂い出した。なんと唇がヘルペスになったのだ。そのうえ、疲れた時に必ずなる結膜炎に。肌はボロボロ、頭もぼうっとしてきた。

それより何より、何をしても暗い気分になってくる。新しい連載を始めていかなくてはならないのに。

「どうせ、書いても話題にならないしさ」

と少しも心がはずまない。すべてのことにネガティブになってくるのだ。

昨日も山梨の母のところへ行ってきた。高齢の母といると、気が滅入ることばかり。そのまま電車に乗り新宿へ帰る。そして私鉄に乗り替え、うちまで歩く途中、心はどんどん沈んでいく。歩くのも嫌になってきた。

「あ、来てる、来てる」

と私は思った。人はこういう風にしてウツになっていくんだ。ウツは心の風邪って本当なんだろうか。自分ではどうにもならないことなんだろうか…。

いや、違う、と私はつぶやいた。今のこのピンチ、なんとか自分の意志ではじき返してみせる。

家に着き、秘書とバカ話をして熱いお茶を飲む。そして彼女に言った。

「あのね、キャンセルしてって言った今日の食事会、やっぱり行くから」

「えー、ハヤシさん、すごく疲れてるからやめるって」

「やっぱり行くことにしたから」

とても遠いところにあり、雨も降り出してきた。しかし私は行くことにした。おいしいお鮨を食べ、お酒を飲んでいるうちにちょっと気が晴れた。が、次の日はまた気持ちが沈む。なぜなら夜、炭水化物をたっぷり摂ったため、ヘルスメーターがはね上がってしまったのだ。

私の場合、気持ちの上下と体重とが密接に結びついているのである。だったらさっさと痩せればいいのだ。だが、気分転換についおいしいものに走り、そして自己嫌悪に陥るのだ。

私の友人が言うには、ウツはふっとやってきて、気づいた時には体をむしばんでしまうのだそうだ。

「あっ、来てる、来てる」

という感覚は初めてのものであるが、あれはやっぱりプチウツで、これからも何度も来るような気がする。その時はじき返す力を何とかたくわえていたいものである。

それにしても、最近「ウツ」のことをふつうに話せるようになって本当によかった。ちょっと前なら、

「私、実はウツで…」

と打ち明けられると、えっと言葉を失なったものであるが、今ならふつうにそれについて話せる。が、以前私の担当をしてくれた若い編集者はそれきり会社を辞めてしまった。

イケメンでピアスをしていた彼がどうして……と思ったものであるが、当時は何の力にもなれなかった。今ならもう少し何か出来たと思うたびに残念で仕方ない。

四十過ぎたら、もう言いわけはとおらない。無邪気さとひきかえに、「たしなみ」を手に入れて日々生きていくのだ

〝たしなみ〟などというと、古くさくてイヤーな言葉なようであるけれども。

私のまわりには、四十代の女性がいっぱいいる。みんな綺麗で頭もよく、世間で知られた学校も出ている。性格も明るく、これといって難もない。しかし時々私を驚かす行動をする何人かがいるのである。

例えを具体的に言うと、人物が特定されてしまうのであるが、肉親を亡くしたばかりの人に対して、

「えっ、そんなことを言うわけ⁉」

と息を呑むような言葉を平気で口にする。

友人のバースデーパーティー。彼女は子どもがおらず、そのことについて悩んでいた、ということを知っているはずなのに、高齢出産で産んだ赤ん坊を連れて堂々と参加する。しかもシッター付きで。大人の集まりはたちまち別のものと化した。

「だったら家においとけ」

と私は本当に腹が立ったものだ。

「どうしてあの人たちって、あんなに他者への思いやりや、想像力がないんだろう」

と人に言ったところ、

「一度もイタいめに遭ったことがないからじゃないの」

という返事があった。

もともといいところのお嬢さんに生まれ、美人で何不自由していない。熱烈にプロポーズされて、ご主人には甘やかされ大事にされている。

「ああいう人たちの非常識さっていうか、とんちんかんぶりっていうのは、本当にどうしようもないわー」

私もそう思うものの、彼女たちが嫌いかというとそんなことはない。人に大切にされ、幸せに生きてきた人というのは、独特のおっとりとした優しさがある。人に意地悪をされたことがないので、自分もしない。人は自分のことが好きだと思っているから、天真爛漫な発言もする。他者への想像力が欠けているということは、他人に無頓着だということであるが、これがいい方に作用することも多々あるのだ。

そこへいくと、私なんかはイタいめにいっぱい遭わされた結果、他者の心を察するのがとてもうまい。いつも先まわりして相手のことを考える。よく、

「そんなに気を遣うことないのに」

「ものすごく気がきく人」

と言われるが、同時に、

「一緒にいると疲れる」

と陰口を叩《たた》かれている。またこういう人間は意地悪がとてもうまい。じわりじわりと、相手の心を責めていくようなことが出来るのだ。

のんびり育つと、他人に対して思いやりがない人間になる。ちょっとつらいめに遭わなければ、他人にいきとどいた行動をとれない。が、同時に深い悪意を抱けるのも後者の方。

どっちの方へいくかは難しい問題であるが、人はそんなに長く無邪気に生きてはいけない。

ところでこのところ、たて続けに手紙をもらった。後輩の作家、仕事で会ったり、私がちょっとお世話をした女性たちからだ。パソコンでうったものは一通もない。どれもきちんとした封筒、便箋で、ものすごい達筆である。私もかなり筆まめの方

だと思っているが、字の美しさにびっくりした。

私はそういうことで差別をしまいと思っているのであるが、きちんと封書の手紙でくる仕事の依頼は、なかなか断わることが出来ない。メールで入ってくるものは、かなりの確率でNOというのであるが。そして人間、こういうことが出来るのと、出来ないのとではどれだけ生きていく間に差がつくだろうかと考えてしまう。たしなみは、心の達筆か。

朝、ワイドショーを見ていると、若い女性アナウンサーがいっぱい出てくる。みんな美人で賢く、性格もよさそうだ。知的にも見え、欠点などひとつも無いように見える。

「こういう女性、いったいどうやって区別していくんだろう」

誰を選んでもハズレがなさそう。が、何年かたつうちには、幸せになる人とそうでない人との差がくっきりと表れてくる。外見では見えない内側の差。そのうちのひとつがたしなみ、というものであろう。

女性のたしなみ、というよりも人間のたしなみ。つらいめに遭った人にはきちんと対応出来、トラブルをまねくような言動はしない。人との距離をはかりながら、いちばん適切なことをする。これはいつしか無邪気さとひきかえに、人が必ず手に入れなくてはいけないもの。四十過ぎたらもう言いわけはとおらないのだ。

他人が羨しくて涙が出そうな時には、人間、ある種の〝手続き〟が必要だ

「他人と自分を比べることくらい、愚かしいことはない」

と誰かが言っていた。しかしつい比べてしまう。それが人間ではなかろうか。

先日、オペラを見に行ったら知り合いに声をかけられた。

「主人も一緒なの、ご紹介するわ」

彼女のご主人は某大企業の幹部である。そこのエラい人であるから、頭の薄くなり始めたおじさんだと思っていたら、後からやってきたご主人は背が高いスポーツマンタイプ。笑顔がとても若々しい。素敵な人なのである。

「アッタマきた！」

私はまわりの人たちに愚痴った。

「あんなエリートで、超高給取りで、あんなにカッコいいってどういうことよ。世の中不公平だよねー」

私のまわりでも、お金持ちの夫を持つ人は何人もいる。が、正直ＩＴ関係のお金持ちはそう羨しくない。将来どうなるかわかりませんからね。

私がつくづくいいなーと思うのは、昔から続くオーナー企業の社長さんの奥さんたち。ちゃんと文化を持っているという感じだ。そしてこういう方々に限って仲がいい。

「だけどいくらお金持ちの奥さんでも、うちの中にばっかりいたらそう楽しくないかも」

なんて言うのは昔の話で、今のお金持ちの奥さんは、おうちの財団をやっていたりボランティアをやっていたり、自分で何か教えたりしている。みんないきいきしていて楽しそう。

私の知り合いの奥さんは、小さな画廊を経営している。これぞという人を育てるのを生き甲斐にしているんだそうだ。当然のことながら儲《もう》からない。が、月々の赤字はご主人が補ってくれるという。

私のように一人でガツガツ働いている者からみると羨しくて涙が出そう。

子どもの出来がいい、というのも羨望の対象となる。私の知り合いの子どもは、親が共働きでろくにかまってやらないのに、超難関中学に合格した。

「小学校の頃から、夕ご飯用意しとくと、一人でずうっとドリルやっていた」

などと聞くと、そんなのアリーっと叫んでしまう…。

そんな私を人は欲張りと言う。

「上を見ればキリがないでしょう。とにかく結婚していて健康な子どもがいるんだから」

しかし不幸な人を見て、

「私の方がマシ」

と考えるのはあまり好きではない。人間向上心を持てば、人と自分とを比べるのは当然のことではなかろうか。

が、比べるという行為にも、おのずとやり方があると思う。いちばんいけないのは、陰に籠ることであろう。心の中で、

「どうしてあの人ばっか」

といじいじ考えるのは、精神衛生上もよくない。冒頭にあるように、私ははっきりと口にする。

「いいな、いいな。○○さんの旦那さん、あんなにイケメンでお金持ちでさ」

するとまわりの人たちは笑う。

「ダンナがいるだけけいいじゃん」

とバカにする人もいて、私はちょっと気が楽になるのだ。そして考える。

「私はお金持ちと結婚する人生を得られなかった。今後間違えても、そういう人を略奪したり、再婚することもないだろう。だったら諦めなくてはならない」

あたり前のことにいきつくのに、ちょっと手続きをするわけだ。

「今さら美人になれるわけもない」

というのもある。

綺麗な人、こうなりたいと思う人に向かって、いつも私は賞賛を口にする。

「どうしてそんなスタイルでいられるの？」

「どうしていつまでも美人なの？」

こう言われて気分を悪くする人はいないし、私もこう吐き出すことによってずうーっと気がラクになる。

「こういう風に正直に言うことが出来る私ってイイ人。こういう私って好き」

と思う。これがどれほど私を救っていることだろう。

が、仕事はもっと複雑だ。運や人気やいろんなものがからみ合っている。いつも評価が高い人、ベストセラーを連発する人は正直に羨しい。それにひきかえ、自分

は…としばらく落ち込んだ後、

「来てる！　来てる！」

とつぶやく。いちばんついてない最悪の時が今来ていると考えるのだ。この時期を過ぎれば大丈夫と自分に言いきかせる。

まあ、人間、ポジティブに生きていくためには、いろんな工夫をしなくてはならないのだから。

お金の支払い時には、知性も教養も、その人のすべてが表れるのだ

故郷に素敵なカフェがあり、帰省するたびによく寄っていた。

ワインに、気のきいた小皿料理が食べられる。が、ある時から前金制になり不便で仕方ない。ワインをもう一杯飲みたいと思っても、わざわざカウンターに行き料金を払わなくてはならないのだ。

「どうしてふつうに伝票にしないの」

とオーナーに尋ねたところ、

「お勘定の時に一人ずつ並んで、大変で大変で…」

とこぼした。

観光客もよくやってきて、グループで食べたり飲んだりする。すると一人一人が、

「私の食べた分はこれこれ」

と自己申請する。とてもやってられないというのだ。

女性にこの傾向が強い。もっとはっきり言うと、商売屋の娘である私は、「女性のワリカン」によくイライラしてしまうのである。

何人かでランチを食べる。すると誰かが必ず、

「レジに行って、一人一人払えばいいんじゃないの」

と言い出すので、私はストップをかける。

「お店に迷惑だからここで精算しましょう」

しかしここでまた別の問題が。

「でもビールを飲んだ人と飲まない人がいるし」

ここで私は三つの道をとる。親しい人たちだったら、

「もうお酒を飲んだ人が勝ちの、平等ワリカンにしよ」

と言うし、そう親しくない人たちだったら、

「じゃあ、自分が食べた分を置いてください」

と言ってテーブルに集め、消費税とかサービス料はめんどうくさいのでこちらが払う。そして誤解をされないよう領収書はもらわない。

三つめは、たいていそうすることが多いが、

「もう私がご馳走するから」

と伝票をとる。ランチぐらいだったらたいていそうする。

先日は七人でとても素敵なライブハウスに出かけた。ジャズの生演奏が終わった後、幹事役の友人が皆に声をかける。

「一人、一万二千五百円とおしねー」

関西の人なのだ。すると酔った人たちがざわざわと大きな声で、

「私、二万円しかない」

「五百円おつりー」

と言い始める。私はこういうのが大嫌い。他のテーブルの人たちも見ていた。私は財布を持ってその人の隣りに座り、

「私、きっちりあるし、千円札何枚かある。だから私がここで集めるよ」

と言ったのであるが無視され、

「じゃあ、五百円、おつりの人ー、誰～」

ということになったのである。

お金を払う時というのは、本当にその人のエレガンス度が問われる。知性とか教養も問われているような気がする。

ホテルのコーヒーハウスで三十代の女性たちが食事をしている。全員春色のバー

キンを持っていてびっくりだ。きっとお金持ちの奥さんたちなのだろう。支払いの時になった。みんながそれぞれ払う。四人のうち二人がカードで、そのうち一人がブラックである。うーん、私はこういうのはあまり好きになれない。二千円か三千円の軽食に、カードを使わなくてもと思う。が、これは私が小商いの家の子どもだからであろう。こうした意識は環境によってまるで違っていて、公務員の息子である夫は、

「カードで払って何が悪い」

とつっかかる。

「アメリカなんか五百円ぐらいでふつうにカードだぞ。ホテルなんだからカードを使ったっていいんだ」

と主張するのであるが、まあ、私は個人的に違和感があるのだ。

ついでに言うと、ランチどきに、だらだら食後のコーヒーを飲む人たちにも、私はついていけない。ウインドウごしに行列する人たちがいるのに、いつまでもお喋べりを続ける女友だちには、自分の分を置いて先に帰ってしまう。

もしゆっくりしたいのだったら、しかるべき店で予約が出来る個室をとる。多少高くても仕方がない。サラリーマンたちが一刻を争うランチタイムに、レストラン

のテーブルを占拠するのは本当に気を遣うからだ。

ところで私は配偶者や恋人以外の男性には、極力おごられないことをモットーに生きてきた。ワリカンがいちばんいい。しかし自分のビジネスカードで払っておいて、あとで女性たちから一円単位で徴収する男性ってどう思いますか？　絶対によくないですよね。

常識の先に、品は生まれる。おしゃれだって、人生だって同じこと

私は手書きで原稿を書いている。

「今どき珍しいでしょう」

とよく言われるが、そんなことはない。

ノンフィクションの人は、ほぼ百パーセントパソコンと聞いたことがあるが、私のように恋愛小説を書く者の中には、手書き派が何人もいるのだ。

エッセイは論旨や起承転結を考え、それなりに頭を使って書いているが(ホント)、小説はそんなことはない。ある時から、何か大きな力が降りてきて、手が勝手に動き出す瞬間がある。ペンが追いつかないほど、たくさんの情景や主人公たちの言葉が溢れてくるのである。そのためにも私は機械を介在させようとは思わない。右手と頭を結ぶものの間に、何かが入ってくるのはイヤなのだ。よってこの原稿もペンで書いている。万年筆ではない。手を庇《かば》うために、いちば

ん筆圧の低いサインペンを使い、ゆる〜〜く流れるように書いている。ものすごく読みづらいヘタな文字だと思う。

編集者は、

「そんなことないですよ。慣れれば味のある字ですよ」

と言うけれど、その目は、

「早くパソコンにしてくれよ〜〜」

と訴えているようである。

こういう私であるが、なぜかものすごく筆マメなのだ。いただきもののお礼状はすぐにサンキューレターに書く。目上の方だったら便箋に封筒である。このサンキューレターは、特別につくったもの。美しい白のカードと封筒のセットである。カードにはブルーの縁取りがついている。

さてついこのあいだ、某女優さんが離婚した。その時にマスコミに送った文書の署名の文字が、

「あまりにもヘタ」

と話題になり、週刊誌でも取り上げられた。

その写真を見たら、ヘタというよりも幼ない。イラスト文字というのか、可愛さ

を狙った特徴ある書体である。アイドルならともかく、四十代の女性がこれではマズいのではないだろうか。

「パソコン時代なんだから、これでいい」

という声もあったが、私はそうは思わない。四十代の女性ともなれば、自筆でいろいろ書かなくてはならないことがたくさんある。学校の先生への連絡、お礼状や、お見舞いあれこれｅｔｃ…。よく奥さんが、夫に代わってお礼状をくれる時、最後に夫の名を書き、小さく〝内〟と記す。あれはマナーにかなっているであろうが、私には違和感がある。ちゃんと奥さんの名を書いてくれればいいといつも思う。

とはいうものの、手書きでちゃんとお礼状をくれる人というのは、かなり好感度アップである。そして意外な人が達筆だったりすると、その差に驚き感心してしまう。まだ若い、いつもトンがった格好をしている人が、ものすごく綺麗な字で手紙をくれると、へえーという感じだ。

私は昔、巻き紙の手紙というのにとても憧れ、習字の通信教育を受けたことがあるが、ムダなことはしない方がいいということにすぐに気づいた。こういうことは、一年や二年で修得出来るものではなく、私のようなナマケモノには絶対に無理だ。せいぜい丁寧に書くということであろうか。私は原稿を書く時の倍の時間をかけて手紙を書く。うまくはないけれども、私の字は書き慣れた人のそれで、とても味があるのだそうだ。送ると喜ばれる。

ところで、わりと最近のことであるが、ある女性から、

「私、ハヤシさんの講演会に行こうと思って、抽選にあたるよう、せっせとハガキを出しているんですよ、ホラッ」

とハガキを見せられたことがある。その時、えっと息を吞んだ。「○○係」とだけあって、御中と書かれていないのだ。彼女は四十代終わりで、二人のお子さんを持っている。今までの人生で、どこかへ手紙を出したことは、いくらでもあるだろう。そういう時、「御中」を書かなかったのだ。今まで誰か教えてくれたり、注意してくれなかったのか。たぶんそうだろう。世間の人たちは、たいしたことじゃない、と思ったのか。会社勤めをしていたら、たいしたことであったろうが、彼女はフリーランスで仕事をしている人だ。きっと身につけるチャンスを逸してしまったに違いない。こういうのって怖いことである。

何度かここでも言っているけれども、

「もしかしたら、私って何か常識がないのかも」

と問い糺《ただ》すことはとても大切だ。私のようなトシでも、冠婚葬祭に自信がなく、

よく物識りの友人に聞く。そして自分の考えや予算と考え合わせて結論を出す。めんどうではあるが、

「そんな常識なんて、興味ないし関係ない。私は勝手にやっていく」

という生き方を私はしてこなかった。たぶんあなたもそうであろう。そんな人はこういう素敵な雑誌を手にとらない。おしゃれだって常識という枷《かせ》がある。だからこそ品というものが生まれると私は思う。

カッコいい女かどうかは、「食事会が終わった時」に自ずとわかるものなのだ

私が思うに、女性の多くはお金の遣い方がうまくない。

レストランで、ランチを食べた後の女性グループが、よくレジで行列をつくる。みんな自分の食べた分をひとりひとり支払おうとするからだ。これはオバさんたちの習性と思いきや、まだ若い女性たちでもやっている。

私はこれがとても嫌いで、ランチくらいならさっさと私が伝票を持つことにしている。最近はどこへ行っても、たいてい私が年上なのであたり前のことだ。

しかし〝ママ友〟といった場面ではそういうワケにはいかないので、私はこう声をかける。

「みんな自分の食べた分を、ここに出してみましょう」

そこで小銭のやり取りがあり、おおまかなお金を持って私がレジに行く。そして支払ったレシートを皆の前で破る。考え過ぎかもしれないが、領収書もらって経費

で落とすのでは、という誤解をなくすためだ。

幸いなことに私がよくランチをする人たちはとてもマナーがよく、さっと誰かが会計係を引き受けてくれる。

私は仕事柄、自分で支払うことが多い。ミエっぱりのええかっこしいなので、お金がなくても払う。ご招待でご馳走になることも多いが、それと同じぐらいこちらも払っているはずだ。私の原則は、

「誘ったらこちらが払う」

だからである。だから多少高いところでも、人数が多くなっても、頑張ってこちらが持つ。

ある時、知り合いの女性からメールがあった。彼女はお金持ちの奥さんである。

「久しぶりにハヤシさんとお会いしたいわ。出来たらA子さんも、B子さんも誘ってくれないかしら」

A子さん、B子さんというのは私の友人で、以前彼女に紹介したことがあった。話が抜群に面白い人たちなので、また会いたいと言うのだ。二人とも忙しい人たちであるが、私の顔を立てて来てくれた。食事の場所は夫人行きつけのフレンチである。そう高いところではない。ワインも飲み、いざ支払いの時となった。私は奥さ

んがご馳走してくれるとばかり思っていた。どう考えても、そういうシチュエーションだったからだ。

しかしA子さんがこう言い出した。

「女同士だからワリカンにしましょうよ」

私はアレッと思ったが、夫人も「そうですかァ」と簡単に同意するではないか。これにおさまらないのがB子さんである。その時は黙って支払ったが、後で私に不満を漏らした。

「どうして私も出さなきゃいけないの。そんなに行きたくもなかった食事会なのに」

確かにそのとおりだ。親しい仲だったら当然ワリカンだが、この場合は違う。

私は彼女に謝まらざるを得なくなった。

「ごめんね。あの人は奥さんで払い慣れていないから」

払い慣れていないといえば、こんなことがあった。有名料理店のカウンター席が取れたと、友人から連絡があった。

「私、いつもハヤシさんにご馳走になるから、今日は私に払わせてね」

「わー、ありがとう」

「もう一人、仕事先の人を連れてってもいい？」

「どうぞ、どうぞ」

そして食事が終わった。私だったらトイレに行くふりをして、こっそり払いに行くだろう。が、ふだん自分で払うことがまずないだろう彼女は、ものすごく目立つかたちでレジに向かった。そしてなんだかんだ時間がかかっている。見るに見かねて男性がとんでいった。どちらが払うかで、こぜり合いが始まる。私はそれをしばらく座って見ていた。だってそうでしょう。

「今日は私に払わせて」

彼女が言ったのだから。しかしあまりにも「いいえこちらが」争いが長いので、私も近づいていかざるを得なくなった。そしてめんどうくさいのでワリカンを申し出た。

すると男性は、私のことをむっとしたように見て、

「いいですよ。僕が払いますからねッ」

とカードを出した。払う気がまるでない、ものすごく非常識な女と見られたようなのである。これは不快な記憶として、私の中にいつまでも残っている。

男に比べて、女は払う歴史が浅い。男性と同じくらい稼ぐ女だって少ないだろう。

しかし、女だって払わなくてはならない場面はいくらでもある。だけどお金はむずかしい。払わないと何か言われるが、払ったら払ったで「お金があるのを見せつけて」と陰口を叩かれることもある。さっとカッコよく支払う女性になりたい。私はいつもそのことを考えている。

夏、京都で「にわか風流人」になるのは本当に楽しい！

大学生の夏、仲のいい友人三人と京都へ行ったが、少しもいいところとは思わなかった。その暑いことといったらない。私も盆地育ちで、うだるような暑さには慣れているはずだが、べったりと汗が肌にからみつくような空気だ。一時間おきぐらいに喫茶店に入った記憶がある。

その後、大人になるにつれて、京都をだんだん好きになった。遊び方が違うのだからあたり前の話だ。

午後に新幹線で行き、すぐホテルにチェックインする。そして日が暮れてようやく暑さがおさまった頃、着物、あるいはとっておきのワンピースに着替えて食事をするところに向かう。食事の後は、いきつけのお茶屋バーに行って、オーナーが「祇園サイダー」というところのシャンパンを飲む。芸妓さんたちとお喋べりをする。

京都で楽しく過ごせるというのは、間違いなく大人の特権であろう。

よく若い友人から、

「京都に連れてって」

と言われる。

「マリコさんと行くと、すっごく楽しそうだから」

私などほんの上っつらしか知っていない。京都に詳しい人というのは、もっというることであろう。が、私の京都の知識というのは、長い時間かかって自分で少しずつ得たものである。京都のお店や、京都の人たちを知り、行動の輪を拡げてきた。京都の人たちはいろんなことを教えてくれた。それは、洗練されてはいるが、どこか冷ややかな人間関係だった。

「遊びに来るのは歓迎しますが、こっから先は入らんといて」

「ちょっと来たぐらいで、うちの常連客みたいな顔しないでおくれやす」

といった空気をよく感じたものだ。

よく京都の人は「いけず」と言われるが、確かにそうであろう。かなりつき合いづらい人たちだ。が、ふだんだらしなく、だらだらと人間関係を増やしていく私にとってみると、たまにこのくらい緊張することがあってもいいと思う。

あちら側の本当の気持ちを探りつつ、距離を計っていく。どこまでが許されることなのかとよーく考える。かなり疲れる。しかし、

「一年中住んでいるわけじゃなく、年に何日かこのくらいのことをしても」

と考えるのも京都ならではだ。

また京都へ行くと、自分が「にわか風流人」になるから不思議である。お茶を何十年もやっている友人と一緒だと、古美術をめぐる旅になる、美術館にも一緒に行く、あまり人が行かない寺や神社を訪ねる。年齢を重ねると、こういうことが本当に楽しい。

着物好きの友人とだと、昔はよく呉服屋さんに行った。京都に来た、というだけで興奮して、時々は着物を買ったものだ。京都では着物美人がいっぱい歩いているので、

「私もあんな風になれるかもしれない」

という勘違いをしてしまうのである。

着物を買わなくても、小物類で充分に楽しめる。帯揚げ、帯締め、草履、バッグというのもよく買う。

私には「京都指南役」というべき友人がいた。中でもいろんなことを教えてくれ

たのは、大人になってから京都に移り住んだA子さんである。彼女はご主人と共に、古い町家に住んでいた。彼女と一緒だと京都のいろいろな祭礼に中まで入れた。

　彼女は言った。

　京都の人は、どうせ私のことなんかよそ者だと思っている。だから、ハーイ、私はよそ者ですという態度を崩さない。

「ここまではOK、ここからはダメ、というルールがあるから、これを知っておくとずっとラクチンに住めるわよ」

　と言っていた彼女であるが、今は海外で暮らしている。

ところで、私の女友だち同士が大喧嘩した。よせばいいのに一緒に京都に出かけたそうだ。

「食べるところも、行くところも、あっちが勝手に決めて、本当にアタマにきちゃった」

　それよりももっと許せなかったのは、帰りの新幹線だという。

「東京までのチケットちゃんと買わないの。窓口に行く時間がもったいない、いちばん早くホームに来た新幹線に乗りゃいいのよ、中でチケット買えばいいじゃないのって言うんだけど。私、グリーン車の中でウロウロするのが本当にイヤなの。それなのに平気でそうしろと命じる人、信じられない、もうつき合わない」

こういう話を聞くとなんだか嬉しくなる。京都へ足しげく通っても、美意識が身につかない人は私だけではなかった。

〝子どものしつけ〟は、国民性まで問われると知った、夏休み

中国人観光客のお行儀の悪さというのは、もうすっかりおなじみだ。

私が月に一度行くエステは、銀座《ぎんざ》の有名免税店の近所にある。その店の前にたむろする人々の多さ、騒がしいことといったらない。しばらく二階の奥にあるエステのドアに、

「トイレを勝手に使わないで」

という中国語のポスターが貼られていて驚いた。下にいる観光客がエレベーターで上がってくるというのである。

しかしこういう人たちも、慣れてしまえばどうということもない。いそうなところを避ければいい話だ。それに何といっても、爆買いで不況日本を支えてくれた恩義がある。この頃は円高で、めっきり数も減ったことだし。

問題は世界の各地に、個人旅行者として来ている人たちである。先日もソウルの

高級ホテルで信じられない光景を見た。広いロビイを、幼ない子どもが二人、奇声を発しながら追いかけっこをしている。それどころか、回転ドアに逃げ込み遊び始めたのだ。さすがにホテルの人たちがそこから連れ出したが、若い中国人ママは二人に注意ひとつしない。平然としている。

次の日の朝、ダイニングルームで、また同じ子どもたちを発見。どうやら母親二人は姉妹らしい。子どもたち二人をテーブルに残し、ゆっくりビュッフェを取りに行っている。

ワルそうなガキ（失礼）二人は、今日もキーキーわめきながら、フォークをテーブルにがんがんつき刺し始めた。音がすごい。木のテーブルは傷だらけになるはずだ。スリムな体に高そうなデニム、ブラウスをお召しのママ二人は、席に戻っても知らん顔だ。おそらく中国の新興勢力であろう。

「あのママたちも、一人っ子政策で甘やかされて育っているから、しつけっていうことを知らないのよ」

と友人は言った。こうした中国の子どもたちを見ていると、日本の子どもたちは何ていいコたちだろうと思う。保育園建設に反対する人たちに、きっちり言いたい。日本のコたちは、ちゃんとしつけられていると。

これは日本特有の、

「世間からどう見られているか」

という文化によるものが大きいと思う。スマホをいじって子どもに好き放題させているヤンキーママも、公共の場所ではちょっと気を遣う。私らおばさんに睨《にら》まれるのがイヤだからだ。

しかしそうはいっても、子どもはうるさいものである。大きな声を出し、ちょこまか動き始める。よくママたちのランチで、子どもたちが飽きて勝手に動きまわる光景を目にする。

先日、わりと高級な居酒屋へ行ったら、近くの某名門幼稚園のママたちが飲み会をやっていた。個室をとったのはいいのだが、飲む量がすごい。店員さんがしょっちゅうビールだの、水割りだのを運んでいる。すると襖《ふすま》を開ける隙に、子どもたちが逃げ出す、廊下を走り出す。そのたびに店員さんがキレて、

「お子さんは部屋から出さないでください」

と叫んでいたっけ。

私の友人たちは、そういう母子を見ると、頭に血がのぼるという。

「小さい子どもを連れて、母親がだらだら酒盛りをするってどういうこと⁉」

まあ、仕方ないのねとなだめる私。

「一応個室とって気をつかっているし」

彼女は子どもがいない。私は子どもに寛容かどうかということに、子どもの有無はあまり関係ないと思っているのだが、まあ、これを始めると話はややこしくなってくる。

うるさい子どもはうるさいし、マナーの悪い母親も、日本にはいっぱいいる。自分も子どもがいるからと我慢する必要もないし、怒る子どものいない人を「やっぱり」ということもない。よく、子どもがいない友人に、子ども話をしづらいという人がいる。ある本にも、

「お子さんがいない人に、子どもの話をしたり、これ見よがしにするのはタブーです」

と書いてあるが、私はこれもケースバイケースだと思う。

私も子どもが出来なかった期間が長いのでよくわかるが、まわりに気を遣われていると思うのも非常に不愉快なことだ。私のまわりの子どものいない女性たちの多くは、友人の子どもをとても可愛がるし、ふつうに子どものことを聞いてくれる。といっても、ここまでくるのに、さまざまな葛藤があったかもしれない。それを思

いやる心は、子どものしつけに向けよう。公共の場では大きな声を出さない。親はこまめに子どもを見守る。注意する。

子どもぐらい〝取り扱い〟がむずかしいものはなく、国民性まで問われるのだから。

手放すには惜しい妻でいるために、「後ろめたいこと」をしようよ

不倫話というのは、もはや都市伝説になっている。面白い話がいっぱい。

私の友人は、人妻であるが上司と不倫をしていた。ある時、彼が海外土産ということでブランドのバッグをくれた。大喜びで包みをほどいたところ、バッグの中に手紙が入っていた。奥さんからで、

「あなたもご主人がいるんだから、こういうことをおやめになったらいかがですか」

と書かれていたという。

男友だちは、かなり年下の性格のきつい女性とつき合っていた。彼は昔からこういう「性悪女」が大好きなのだ。世間にはよくいる。

「性格の悪い女にふりまわされるのがたまらん」

これぞ恋の醍醐味と思っている人だ。

交際期間が長くなるにつれ、彼女はいろんなことを命じるようになった。夜中の二時に、

「今から奥さんに電話をかけてよ」

と言ったらしい。この時は酔ったふりをして誤魔化して大変だったという。

そしてきわめつけは痴話喧嘩の時。自分の部屋からバスローブ、裸足のままで外に飛び出し交番に飛び込んだ。追ってくる彼を指さして、

「この男にレイプされた。逮捕してくれ」

とわめいたのである。私の男友だちは冷静な人だったのでそうあわてることもなく、

「僕は彼女の交際相手です。彼女の部屋には僕の私物がいろいろ置いてあるので確かめてくれ」

と言い、疑いを晴らしたのである。すったもんだの揚句やっと別れたはずなのに、彼は自分のやっている趣味の会にまた彼女を入れようとした。

「バッカじゃないの」

と怒ったところ、

「もう彼女とは、友だちとしてつき合う自信があるから」

だって。あきれてそれ以上何も言わなかった。

昨（二〇一六）年は「不倫」が社会のキィーワードになり、たくさんの芸能人、有名人が弾劾された。そのくせみんなで『昼顔』（二〇一四年七～九月放送／フジテレビ系）のドラマにため息をついている。女性側もこそこそとやっている人はやっている。

私のまわりはマスコミ関係の人たちが多く、バツイチ、バツ2は珍しくも何ともない。

「男で編集長をしていて、愛人のいない人なんかいないいんじゃない」

そう言いきった大出版社の編集長もいたぐらいだ。みんなうちに綺麗でよく出来た奥さんがいる。言いつけたろかな。

先日、ワイドショーを見ていたら、

「今、不倫が大変なことになっている」

という特集が組まれていた。

昔ならば夫側が不倫した時、

「会社に言いつけてやる」

というのは切り札であった。上役に知られたら出世の道も断たれる。

出版社というのはこういう話にことかかないところで、奥さんが会社受付に乗り込んできて相手の女を呼び出し罵倒した。男性は即左遷された、なんていう実話がある。

しかし今はふつうの会社でも、不倫話は珍しくないそうだ。

「ご夫婦で解決してください」

ということで介入してこなくなったというのである。介入してこない、ということは、何の脅しにもならないということ。不倫の事実をつきつけられても、

「わかったんなら仕方ない。別れようよ」

と言う男性が増えたと、離婚カウンセラーは語っていた。

もしこれが本当ならば由々しき問題である。妻の立場なんてもんはありゃしない。妻の権利については、訴えることも出来るはずであるが、お金も時間もすごくかかる。つまりもう妻を守ってくれるものはないのだ。

「もう既に結婚制度っていうものは崩壊しているんですよ。もう子育てが終わった男女は好きなように生きるべきなんですよ」

というのは私の正直な感想であるが、そんな世の中になるまでどのくらい時間がかかるやら。その前に大切なことは、

「夫にナメられない妻になること」

であろう。

子どもを産んで出来のいいコにする。私の友人は教育問題の専門家であるが、離婚を切り出したところ、奥さんに、

「あんたの子どもみんな中卒にしてやるから見てな」

と言われたそうだ。あっぱれだ。ちゃんと夫のいちばん弱いところを知っているのだ。あと自分でも稼ぐ、実家から圧力を加える、などといろいろあるが、いつまでも魅力的な、手放すには惜しい妻でいることが肝心だ。このために私は、妻の方もちょっぴり後ろめたいことをしようと勧めているのである。

会うほどでもない人に、LINEでだらだらと文字を綴らない。残された時間は少ないのだから

どうしてこんなに忙しいんだろうか。

本当に本当に忙しい。毎日のように〆切りはある。書いても書いても、仕事は山のように押し寄せてくるのだ。

イレギュラーの仕事は断わり、講演会も月に一度するかしないか。テレビはBSも含めて年に三回ぐらいしか出ていない。それなのによく初めて会う人に、

「テレビいつも見ていますよ」

と言われてむっとする。テレビに出まくっている〝自称作家〟と一緒にしないで欲しいという気持ちがあるからだ。ホント。

話がそれてしまった。ちょっと前まではふらっと映画を見たり、ジムに行く時間もあったのに今ではまるでない。いったいどうしてなんだろうか。

ある雑誌を見ていたら、私よりずっと売れっ子の女性作家がインタビューに答え、

「今は本が売れなくなった分だけ、ずっと忙しい」

と答えていた。なるほどこういうことかと納得。

「ホントに本が売れないからさぁ、私はこんなにガツガツ働いて忙しいんだよねぇ
ー」

と大きくため息をついたら、

「それだけじゃないと思いますよ」

いつもクールな私の秘書が反論した。

「ハヤシさん、スマホをやっている時間がすごく長いですよ。自分で気づきません
か？」

そう言われると確かにそうだ。朝といわず、昼といわず友人たちからLINEが何本も入ってくる。みんなオバさんたちだからすごく長い。娘がのぞき込んで、

「LINEなのにどうしてこんなに長いの？」

と驚いたぐらいだ。優雅な専業主婦からは、ブログに近いようなものさえ送られてくる。

「マリコさん、元気？　今日は三つ星の○○に行きました。新しいシェフになってすごくいいわよ」

「久しぶりにハワイに来ました。ハレクラニは相変わらず落ち着く〜」

こういうのにいろいろ返事をうつと結構時間がかかるものだ。そして間髪《かんはつ》を容《い》れずに彼女から次のLINEがくる。また返事。あっという間に六つぐらい列が並んでいる。

おまけに最近の編集者は、すぐにLINEをやりたがるのだ。原稿の疑問点やちょっとした資料は、今まで秘書を通してされていたのにこの頃はダイレクトにくる。これに答えると本当に大変。

ぶつぶつ文句を言っているようであるが、こうして毎日毎日スマホをうっているうちに、何も来ないと寂しくて仕方ないようになった。五分おきぐらいにスマホを見る。

電車の中の若い人たちをいつも非難しているくせに、私もいつのまにかスマホ依存症になってしまったのである。

私はゲームをやらないが、それでも毎月大変な時間をこれに奪われていることにやっと気づいた。

が、これからどうしたらいいのだろうか。最近会う人は必ずといっていいぐらいスマホを取り出してこう言う。

「ハヤシさん、LINEやりましょうよ」

ものすごくカッコいい男性だったりすると、私も嬉々《きき》としてLINEを交換するのであるが、社交辞令のようにこれをやられるのもなぁ。そうかといって、

「あなたとはLINEやりません」

きっぱり断わる勇気はない。

よく考えてみると、いつも繋《つな》がっていたい人というのはせいぜい二十人ぐらいだ。それなのにどうして二百人とLINEを交換しているのだろうか。どういうシステムになっているのかわからないが、昔ガラケーでメールアドレスを教え合った人から突然LINEが入ってくる。友だち申請してくるのだ。中に今話題の芸能人からのがあり、ちょっとびっくりしたら、最初からブロックしてあった…。これってすごく失礼ではないだろうか。

とにかくいいトシしてのスマホ依存症というのは、早めに何とかしなくてはならない。若い人と違って、残されている時間は圧倒的に少ないのだから。

私は「了解」とスタンプを駆使することにした。私たちの世代はつい長々とメールをうつ。自分の感情を吐露してしまう。これはやめた方がいい。LINEは単に伝言のツールと考えるべきなのだ。しみじみとしたことを語りたかったら会った時

にする。会うほどでもない人に、だらだらと文字は綴《つづ》らない。これは大切なことだろう。自分の貴重な時間を分け与える人はもっと選ぶ。

しかしちらっと思うのは、若い時、恋愛していた時代、これがあったらどんなによかっただろう。

春の風物詩「ママランチ」から、人生の新しいページが開かれることもある

娘が年頃になると、女性は第二の青春をおくることになる。

彼女の日常をみているうちに華やいでくるし、自分の記憶をたどることになるのだ。

早いものでうちの娘がこの（二〇一七年）四月大学生になった。クラブに講義にと、毎日が楽しくて仕方ない。しゃれっ気がまるでなかったのに、毎日私服を着るとなると、自分で結構うまくコーディネイトするようになった。

このところ自分の大学生活をよく思い出す。四月五月は毎日がイベント、新歓キャンプにクラブのコンパ。毎晩のように飲み会があった。田舎から上京したての私にとって東京ライフがどれほど刺激的だったたか。

しかし頭を悩ますことがあった。何を着ていっていいのかまるでわからないのだ。

当時は今のように、ファストファッションやネットで、可愛いものが安く買える時

代ではない。確かPARCO《パルコ》のワゴンセールで売っていた、ブラウスやTシャツを着ていたはずだ。ずうっとデニム（昔はジーパンと呼んだ）だったかもしれないなあと思い出す。

そんなわけで、今年はことさら若い人たちの姿が気にかかる。

大学生もさることながら、私の目をひくのは黒いスーツ姿のフレッシュマンたちだ。このあいだも居酒屋から一群の若者たちが出てきて、店の前で記念写真を撮り始めた。新入社員の同期会とひと目でわかる。

可愛い女の子たちやイケメンの男の子たちが、いっせいにVサインをしているのを見たら、なんだか胸の奥が熱くなった。

このあいだまで大学生で、好き放題生きてきた彼らが、これからいっせいに企業という海にはなたれるのだ。つらいこともたくさんあるに違いない。上司におこられ、クライアントに罵声を浴びせられる日もあるはずだ。同じ年の仲間の中でも格差が生まれる。それに耐え抜く力を持っているだろうか。どうか今日の笑顔を忘れないでと、私は祈るような気持ちになる。

そんな四月のある日、ホテルのコーヒーハウスに入ったら、十人ほどのママたちが大きなテーブルに陣取っていた。近くの私立に子どもを通わせるママたちが、お茶をしているんだなとひと目でわかった。

都会の春の風物詩となっている、ママたちの集まり。みんな綺麗でおしゃれだ。私は子どもを幼稚園に入れた遠い日を思い出す。入園式の日、まわりのママたちがあまりにも美しく、身なりがきちんとしていることに驚いた。彼女たちよりずっと年上の私が、すっかりおじけづいてしまったのだ。

しかもみんなきまりごとのようにバーキンを持っていた。スーツも高そうだとひと目でわかった。ちょうど酒井順子さんの『負け犬の遠吠え』という本がベストセラーになっていた頃だ。そうか、勝ち犬というのはこういう人たちのことを言うのか…と目を見張った。

そしてママ友との毎日が始まったのであるが、あれはあれでとても楽しかったっけ。それまで忙しくて殺伐とした生活をおくっていた私にとって、バザーのためにフェルトバッグをつくっていた時間が、どれほど癒されたか。人はあまり本気にしてくれない。

ママ友とは毎日のようにランチを食べた。あの頃、私は午前中の仕事をいっさいセーブして、そうしたふつうの主婦の人たちとの時間に浸っていたのだ。

あちらはどう思っていたかわからないが、だらだらお茶を飲みお喋べりするのは本当に楽しかった。たいていのママたちは、思慮もあり素敵な人だったが、中にはとんでもなく意地悪でワガママな人もいた。それまでの私のまわりには全くいなかったタイプだ。無邪気であまり芸のないイジワルなのである。

「そうかぁ、お嬢さんからそのままお金持ちと結婚すると、こんな風に他人に想像力がはたらかない人間になるのか」

などと私は感心してしまう。

「母になることで女は成長する」

という言葉が私は大嫌いだ。それでは子どもがいない人は成長しないではないか、ということになる。

ただ子どもがいることによって、時々新しいページが開かれるのは確かだ。それは決まって春なのである。子どもが連れてくる新学期が、親にも新しい活力を与えてくれる。新しい世界に飛び込む勇気も。

もしかしたら今、ママ友関係に悩んでいる人がいるかもしれない。私はこう言ってあげたい。

「今、子どものおかげで、とても面白い体験をさせてもらっているんですよ、しかも期間限定ですよ」

私はもうあの時間がないことが寂しくて仕方ない。だからママランチは今もしている。

「嫌いな人」を持たない！　それが幸せな人生のコツだとわかっているけれど…

子どもでも大人でも「ぼっち」になるのはイヤだ。

「ぼっち」というのが、一人ぼっちという意味だと知ったのは三年ぐらい前（二〇一四年ごろ）だったろうか。考えてみると、少女の頃から私の人生はずっと「ぼっち」との戦いだったような気がする。

修学旅行の時など、どんなグループになるかとドキドキした。「ぼっち」になりたくないために、ふだんは親しくない同級生と急に仲よくなったりするいじましさ。

高校の時も、誰と一緒にお弁当を食べるか、どんな風に机を並べるかが大問題であった。そんな時、A子さんと友だちになったのだ。彼女はいつも体育館の倉庫、とび箱の横で一人お弁当を食べていた。それも新聞紙でくるんだアルマイトのお弁当箱だ。髪の長い相当の美少女だったのに、なんともそっけない。

「どうしてこんなところで食べているの」

と尋ねたら、

「クラスの人たちが嫌いだから」

という答えだった。彼女のクラスは成績優秀者を集めていて、そのエリート臭がイヤだったようだ。しかし年頃の女の子が、一人毅然として弁当を食べるとは、なんという強さだろうか。A子さんと私はすっかり仲よくなり、彼女はずっと私の尊敬の的となった。

大人になっても、人間関係のことではずっといじいじしていた。仲間はずれにされたらどうしようという思いで、いつも姑息なことばかりしていた。

「もうめんどうくさいから、一人でもいいや」

と思えるようになったのはここ最近のことである。大人になってから急に増えた誘いが、急にわずらわしくなった、ということも大きい。

が、こんな私でも心が騒ぐことがある。それは私が紹介して結び合わせた人たちが、私よりも仲よくなった時だ。

先日ある男性から、

「B子さんのスペイン旅行に従いていきました」

と聞いてびっくりしたことがある。B子さんが女五人で旅行すると聞いて、ツアコンを申し出たというのだ。

「へぇー、いつの間にそんなに仲よくなったんだろ」

と内心面白くない。その男性はずっと私にだけ親切にしてくれ、いろいろ尽くしてくれたものである。その奉仕する気持ちを誰かと分割されたような気がしたからだろう。

有名人がからんでくると、話はもっと複雑になる。誰でも知っている文化人とご飯を食べる時、若い友人を誘った。私がアレンジしたので、そのお店の支払いも二次会のバーも当然私が払った。それなのに友人は、次の日その有名人に仕事の依頼をしたというのである。

「あれはないよなぁー」

親しい友人にこぼしたら、彼女はこんなことを言った。

「私は三回ルールをつくってるの」

人から誰か紹介してもらう。その人とすっかり意気投合し、メールを交換する。

「また会いましょうね」

「近いうちにご飯を」

と言い合うのはよくあること。しかし彼女は、

「すぐには二人きりで会わない。三回まではその紹介してくれた人と三人で会う」と決めているそうだ。めんどうくさいようであるが、それが人間関係をうまくやっていくコツだそうだ。

彼女はとても人気があり人脈も広い。よくいろんな人から、

「あの人紹介して。一緒にご飯食べたい」

と頼まれる。実際そうするけれども一度もイヤな思いをしたことがない。それはこういう配慮があったからだ。

彼女の人づき合いには、本当に勉強させられることが多い。彼女は八方美人のように見えて、ものすごく深いテクニックを遣っているのである。

私は人の悪口を言いまくる人が嫌いだ。若い時ならいざしらず、いいトシした大人が口を開けば人のことを悪しざまに言うのは、本当にみっともないではないか。しかし反対に誰の悪口も言わない人も信用しない。誰に対してもいい顔をする人だろうと思ってしまうのだ。

彼女は私があまり好きでない人物を、すぐにわかってくれる。そして彼、もしくは彼女のことを悪く言わないかわりによくも言わない。私の前でうまくスルーする。これはかなりの高等技術だといつも私は感嘆するのだ。ところで嫌いな人を持つと

いうのは、いつもその人をチェックすることだ。その人の成功にフンと思う自分がいる。こういう対象を持つことはとても不幸だと気づいている。気づいているが…。

疲れたらマッサージに行くように、家事はプロに頼むべし。夫婦も、家庭もうまくいくから

食洗機使っていますか？　私は全く使わない。ビルトインタイプのものがあるのであるが、キッチンタオルの保存庫となっている。

ネットニュースを見ていたら、日本における食洗機の普及率は三割強だという。アメリカは七割近いが、驚くことにノルウェーは八割の普及率だ。

これについて家電ライターとかいう人が、次の理由をあげている。一つは手間をかけることを美徳とする価値観、二つめは女性の社会進出が遅かったこと、三つめは日本の住宅事情などが食洗機を遠ざけているんだと。

私はもう一つあげたい。それは日本ほど、種類が多く、かつデリケートな食器を使っているところはまずないだろうということだ。

ずっと以前、私はバンクーバーに別荘を持っていたことがある。そこには食洗機はもちろん、生ゴミをそのままシンクに流せる装置もあった。安い白い食器をひと

とおり買ってあったので、食洗機に入れ、専門の洗剤を入れればそれでOK。すぐにピカピカに洗ってくれる。

が、日本でそんなことは不安で出来ない。藍染めの皿に、漆塗りのお椀、そして唐津の桃色の小鉢なんかを、食洗機に入れることが出来るだろうか。自然と手で洗うことになる。私は手荒れ防止のために、深いゴム手袋を使っているが、それでもいい食器を洗う時は、不安なので手袋をはずす。そしてさっさと洗ってフキンで拭く。このだらしない私が、使うやいなやすぐにしまうのである。

ここは選択肢が二つある。

ひとつは、食洗機を積極的に使うために、食器はシンプルで丈夫なものに統一する。

二つめは食卓を豊かにするために、いい食器をふだん使いする。そのために手洗いを厭《いと》わない。

私はどちらかと問われると困る。なぜならウイークデーはお手伝いさんがいて、家事を全部やってくれるからだ。私が洗たくや料理をするのは週末の二日間だけだ。自分がつくる時はうんといい食器を使うが、ふだんはお手伝いさんが買ってきた、「割ってもオッケー」

程度の食器だからである。

こういうことを書くと、

「お手伝いさんがいるといいわね」

と皮肉まじりに羨しがられるのであるが、私はお手伝いさんは、食洗機以上に日本の家庭にとって必要なものだと考えている。

よくテレビや雑誌を見ていると、共働きで子どもがいる家庭の大変さがとりあげられる。うちの中は荒れ放題で、洗たくものが干されたままになっているのをよく見る。家事の分担をめぐって夫婦の喧嘩が絶えない家庭はとても多い。

私はそういう時、どうしてアウトソーシングをしないのか不思議で仕方ない。いえ、収入のない人たちには、こんなことは言いませんよ。が、知的なあきらかに高収入の共働きカップルが、家の中が汚いとかでガミガミやり合っているのを見ると、もったいないなぁと思うのだ。

週に二日でいい。五時間掃除のプロを頼む。それだけで快適さがまるで違う。人を雇うのはエラソーと思う人がいるかもしれない。それは考え方次第である。あちらの時給と、こちらの収入の時間割りをした数字とを比べる。こちらの方が少しでも高かったら、お願いするべきだ。プロ同士のやりとりととらえるべきだろう。疲れ果てて帰ってきてお風呂の掃除をするのは本当につらいことだ。疲れたらマッサージに行くように、料金を出して自分の負担を軽くする。私はずっとそう考えて、独身の頃から人を頼んできた。

私など商家の育ちなので、人が近くにいることに何の抵抗もない。が、まわりを見わたすと、

「他人に家の中に入ってもらうのは絶対にイヤ」

という人は案外多いようだ。そしてまた二択の選択である。

一つは、ずっと家事分担をめぐっていらいらしたり、夫とやり合うけれども、それでも子どもが大きくなるまではと頑張る。二つめは、どうせ見られてもたいしたことはないとオープンに考える。

私は後者の方だ。自分が全力で仕事をするためには、多少のことは目をつぶろうと心に決めた。お手伝いさんを頼むのは大変だ。とんでもない人にあたったこともある。が、おおむねはふつうのちゃんとした家の奥さんである。綺麗な格好をしてうちにやってきて、着替えて働く。私の家が仕事場だ。私にも仕事場があるように。ただそれだけのことである。

「スマホで呼んででも、一緒に食べたい」そんな女友だちになることは幸せだ

春がくると、いつも私は嬉しい。

体の底からわき上がってくる喜びを、体いっぱいに感じる。

「あぁ、生きているって、なんて楽しいんだろう」

しかもこの時期、人間ドックを受けている。年に一度、徹底的に体を見てもらっているのだ。以前別のところで検査をしてもらっている時、胃カメラや大腸の内視鏡がものすごく苦手であった。

「あんなつらい思いをするぐらいなら、もうどうなってもいい」

と本気で思い、次第に行かなくなった。

しかし最近は、友人の紹介で最新の人間ドックに通っている。ここではすぐに眠らせてくれて、目が覚めた時にはすべてが終わっている仕組みだ。最高の技術で、快適に検査をしてくれるのである。そのかわり費用はとても高い。

が、私は、人間ドックで何もないと言われるたびに、晴れ晴れとした気分になり、

「おーし、今年も頑張って働くぞ。がんがん楽しいことをするぞ」

と心に誓うのである。

長いこと生きていれば、ドックでいろいろ言われることもある。精密検査を受けたこともある。

しかし今年も健康であると、お医者さんから合格のハンコを押された。ラッキーと思わなければ嘘だと思う。

「もっと働くぞ、もっと食べるぞ、もっと働くぞ」

声に出して言う私である。

この頃私は、人間にとって食べることがいかに重要か、つくづく考えるようになった。

世の中には時々、

「何を食べたっていいじゃないの。人間、食べることをあれこれ言うのは本当にみっともない」

と言う人がいるけれど、私はこういう意見を悲しいと思う。ちょっと疲れた時、私はステーキや鰻《うなぎ》を食べる。回復力はすごい。次の朝は体の奥からエネルギーが

みなぎってくるのである。

人間にとって、食べることがいかに大切なことかという証拠であろう。

しかし日本のたいていの女性は、ダイエットのためと、つまらない安いサラダを頬張ったりする。こういうものを食べていくと、次第に気持ちは沈んでいくのである。万年ダイエッターの私はその気分がよくわかる。

男の人のことは「肉食男子」と呼んであがめているのに、どうして女性の場合は大喰いと呆《あき》れられるのであろうか。大喰いがいいというわけではないが、健康な若い女性が、毎日ナッパばかり食べている世の中もヘンだと思う。

食べること、生きることは、からみ合ってぐるぐるとまわっている。

おいしいものをたっぷり食べることは、いい生き方をすること。私はそう信じているのである。

話は変わるようであるが、この頃店の予約がまるでとれない。必死で電話をかけて、やっと予約という段になると、

「それで来年でいいですか」

と言われて呆然《ぼうぜん》とすることがある。

ある人気のお鮨屋さんで、一年後の予約をした後、東日本大震災が起こった。い

くら東京といっても、その影響は大きい。もはや二度と、のんびりお鮨をつまむことはないと思っていたのに、数ケ月後、カウンターの前に座れた喜び。被災地の方々に比べれば、とてもお気楽なものであったが、いろいろ悩んだり不安の日々があり、ついお鮨をつまみながら涙してしまった。

「よくぞこの場に戻ってこられたなぁ…」

とつくづく思ったのである。

これは自慢に聞こえるかもしれないが、私のところには毎日のようにメールがくる。

「○月○日、×××の予約を入れた」

「○月○日、ミシュラン三ツ星の□□□どう」

という食べ物の誘いばかりだ。

いま人気店の予約はとりづらい。一部の人たちが席を奪い始めるからだ。その人たちは一ケ月に一度、あるいは週に一度の割合で、とにかく予約をとる。一緒に行く人をSNSで募る。

つまりまずめいっぱい予約をとり、その後じっくりと自分の友人にふりわけていくシステムだ。こういう時、スマホで呼ばれて一緒に食べたい女友だちになるのは、なんと幸せなことか。大人のちゃんとした男の人たちが、私を選んでくれている。一緒にごはんを食べて楽しい相手。お喋べりが楽しく、それなりに知的な会話も出来、そして何より食べるのが好きということで、私にいつもお声がかかる。口説かれることはなくても、素晴らしいポジションと私は思う。

料理のうまい女の条件が、〝頭がよいこと〟だったとは！

よそのおうちにお招《よ》ばれするたびに、私は驚いてしまう。

「どうしてみんな、こんなにきちんとしているんだろう！」

うちの中が綺麗に片づいているのはもちろん、出てくるお料理も手の込んだおいしいものばかり。食器やナプキンもセンスがあって、そのまま女性誌のグラビアに出られそうだ。

特に近所に住むA子さんはすごい。彼女はうちから歩いて五分のマンションに住んでいる。この方は、

「料理をいっぱいつくるのが、私のストレス解消法なの。皆に食べてもらうのが喜びなの」という素晴らしい人。

十五種類のお料理をずらり並べて、私たちを招待してくれるのだ。どれも野菜たっぷりのおいしいものばかり。サラダだけで五種類ある。海外へよく行く人なので、

それぞれの国のものをアレンジしたものだ。特に私が大好きなのはレバノンサラダ。トマトと玉ネギにオリーブ油とレモンをかけ、上をぎっしりとパセリの葉で覆う。あとスイカやグレープフルーツをつかったものも初夏らしいさわやかな一品だ。牛肉のワイン煮もプロで通用する味である。

彼女はこの肉は、近くのスーパーで買わず、わざわざデパ地下へ行くという。とにかくものすごい量を数人で食べるので、いつも余ってしまう。ゆえに、私たちはいつもタッパーを持っていく。ママ友と行った時は、次の日、子どもたちのお弁当のおかずはみんな同じになるねと、笑い合ったものだ。

私はもともと料理が嫌いではない。二十年前、急に思い立ってル・コルドン・ブルー日本校に通ったことがある。どうせ習うなら、ちまちました家庭料理でなく、どーんと本格的なフランス料理にしようと思ったのだ。

しかし行き始めてすぐ、私はつくづく料理に向いてないと思った。元来いい加減で大雑把な性格である。きちんと手を抜かずに仕上げる、精緻《せいち》なフランス料理など出来るはずはなかった。ニンジンの切り方ひとつにも名前と形が決まっている。ソースをつくればそれを濾《こ》さなければならない。

「もうカンベンしてくれー」

という感じであろうか。一緒に通った友人などは才能を発揮し、さらに上の上のプロのコースにまで進んだのに、私は基礎コースでやめてしまった。

ところがこのところ二日続けて料理に悩むことになった。日曜日の夜、友人の家で持ち寄りパーティーをすることになったのだ。グルメで有名な人たちが集まる。持ち寄りは必ず手づくり、というルールを課せられた。

私はふだんよくつくるラタトゥイユとハンバーグにした。これなら失敗はないだろうと思ったのだ。が、よせばいいのに雑誌で見た「究極のハンバーグ」というのに挑戦した。それはデミグラスソースを、六時間煮ることから始めるのだ。これが野菜を切るだけで大変で、夜中の三時半までかかってしまった。

おまけに「究極」ゆえに、お肉もフンパツした。わざわざ青山《あおやま》の紀ノ国屋《きのくにや》まで行き、上等のもも肉を挽いてもらった。が、これが裏目に出て、脂分がないために固くなってしまったのである。

肝心のひと晩寝かせたデミグラスソースであるが、これを濾すのが本当にひと苦労であった。そしてレシピどおりにやったら、ソースもハンバーグもこがしてしまったではないか。

気づくとキッチンは、こげた鍋やボールが山積みになっている。この惨状は夫の怒りをかうことになった。

パーティー会場にたどりついた時は、もう疲れきっていてお酒も飲めないほど。

そして案の定、私のハンバーグは残っていた…。

次の日は、うちで久しぶりにお客さまをお招ねきした。といっても軽い飲み会である。昨日のラタトゥイユにチーズを出し、あとは肉じゃがにトマトのファルシーといった簡単なもの。といっても、あたりを片づけ、食器、グラス類を洗うと半日かかった。近所の友人が気の毒がって、蒸豚のサラダを持ってきてくれた。本当に疲れたけれど、とても充実した二日間。いつもの雑な料理とは違う楽しさがあった。

つくづくわかったことがある。時間のあるなしではない。頭がよくないと料理はうまくなれないということ。盛りつけや味のセンス、ということ以前に、手順を考え時間配分する頭脳。そして料理をすることが苦にならない軽やかな精神。私に欠けているものばかりではないか。そういえば昔『聡明な女は料理がうまい』というベストセラーがあった。今こそこの言葉を嚙《か》みしめたいと思う私である。

〝手土産世代〟の四十代になって、やっとわかる「心の充たし方」

私はほとんど毎晩のように会食をしている。

その際、いつも悩んでいることがある。手土産をどうするか、ということだ。ほんの少し前まで、人さまにご馳走《ちそう》になった時は、次の日にお礼状を書いた。場合によってはシャンパンを送ったりもした。

ところが最近は、そんなめんどうくさいことをしない。その場で気のきいたお土産を渡し、

「ありがとうございました」

と済ませてしまう。

しかしこのマナーが徹底しているかというと、そうでもないところが困ってしまうのだ。今日は割りカンの会だから、別に必要ないだろうと思っていると、皆が持ち寄ってくる時もある。

そうかと思うと、高いフレンチのご招待だからと、張り込んで高価なお菓子を持っていくと、手土産は私だけで他の人に恥をかかせてしまったりもする。

三ケ月に一度ぐらい、いろんな業種の六人が集まって食事をする会があるのだが、この時はいつも悩む。みんなが全員分の手土産を持参するのがならわしなのだ。

秘書がいる男の人など、

「こういうもんを五個買っておいて」

と言えば済むことであろう。そして自分の運転手付き車のトランクに載せてくればいいのだ。

が、私の場合、うちで仕事をしていることが多い。秘書に頼もうにも、住宅地だからお土産を買うところがない。よって早めに都心に出て、デパ地下で買ったりするのだが、時間がない時もある。気がきいたもので、しかも容量が小さいものと、焦るばかりである。

こういう手土産の達人というのはいるもので、老舗の最中とか、有名どころのチョコレート、珍しいオリーブオイルやドレッシングをもらうととても嬉しい。女性同士だと美容関係がとびかう。新しい美容液やボディクリーム。毎年冬に、河豚《ふぐ》をご馳走する若い女性作家から、高級ブランドのマスカラをいただくがこれがとても便利である。

何か買っていく時間も気力もない時、私はわが家のワインセラーの中から、適当なものを一本持っていく。この時はちゃんと包装しなくてもいいので気が楽だ。たかが手土産であるが、されど手土産。いくつもいただいて、家に帰って開ける、あの時の楽しさ。

これは明日みんなで食べよう、これはお使いものとして…と、あれこれ考えるのである。ある時、いただきもののクッキーを出先で人に渡したところ、昨日くれた本人が近くにいるではないか。彼女が来ているとは知らなかった。

そういう時、何といって誤魔化すか。

「あんまりおいしいものなので、自分だけで食べるのもったいないと思って」

まあ相手も笑って見逃してくれたが…。

中年というのは手土産世代である。ここでセンスが光る。若い時のように、

「コンビニのお菓子で勘弁して」

ということは許されない。訪問先の近くで買ったものもよくないとものの本には書いてあるが、

「すみません、急いで来たので、駅前でアイスクリームを買ってきました」

というのは好感がもてる。

とにかく四十を過ぎたら、気遣いは形ではっきりあらわすべきなのである。

十年前から私は、バッグの中に、いつも綺麗なポチ袋を入れておくようになった。運転手さんを長時間待たせてしまった時、あるいはお店の人に特別のことをしてもらった時、さりげなく手渡すようにしている。友人や知人だったら手土産ということになるが、そうではない人たちに気遣い、ということになったらやはりポチ袋なのである。

だがポチ袋を渡すというのはとてもむずかしい行為である。三十代ならばまず無理であろう。人目が途切れた時に、

「これ、少しだけど」

とさっと渡す。

「いいえ、困ります、こんな」

「本当に気持ちだけだから、受け取ってください」

などというやりとりの後、受け取ってもらう。

これがうまく出来るようになると、大人の上級者になれるはずだ。まずは温泉に行った時に練習してみる。担当の仲居さんに渡すチャンスをはかるのである。これ

をやるとものすごく大人になった気がする。確かに大人の動作だ。そして、人に何か渡すと、倍になってこちらの心が充たされる、ということがきっとわかる。

同窓会は、甘やかなものだとは限らない。封印した記憶が甦ることもある

女性誌を読んでいると、

「同窓会までの緊急美容」

「同窓会若返り作戦」

といった記事が目につく。もちろん「STORY」も、その日に向けてのダイエットにエステ、そしてカット、カラーリングと大忙し。洋服選びも大変なポイントだ。

私はそうした記事を見るたび、ちょっと驚く。同窓会というのは、それほど力が入るものであろうか…。そういうことを言うと、

「あなたはふだん、外に出る仕事をしているから、同窓会の重要性がわかっていないのよ」

と反感を買いそうだ。

そうだろうなァ。クラスメイトというのは、ほぼ同じところからスタートしている。年齢も一緒だから、誰が老けているか、誰が若いか一目瞭然だ。そして見た目以上に気になるのは格差であろう。二十代終わりくらいになると、その差は歴然となる。一流企業に勤める同級生がやたら眩《まぶ》しく見えてくるのだ。私などなかなか就職出来ず、フリーター生活が長かったから、そのみじめなことといったらない。私の出た県立高校は、CAをしている女性が三人もいて、

「パリから帰ってきた」

「スペシャルフライトをして…」

などという話題に、ただうなだれるばかり。途中から同窓会になんか行かなくなった。そしてちょっと羽振りがよくなった頃、また出席するようになる。この時は、

「金が出来たから派手な格好をして」

と言われるのを怖れて、ごくごく普通のジャケットやワンピースを着ていったと記憶している。

しかし、自分で言うのもナンであるが、やっぱり私は目立っていた。見た目年齢がまるで違うのだ。体型こそオバさんであるが、エステの甲斐あって肌はツヤツヤ、髪もたっぷり。着ているものもちょっと違ってたかも。すると仲がよかった男性の

同級生がつくづく言ったものだ。

「金の力って偉大だなあ…」

その言い方にイヤ味がまるでなかったので、思わず笑ってしまった。そしてこういうひと言が聞きたくて、自分は同窓会に来ているのだなあとわかる。なんてイヤらしい気持ちであろうか。しかしそもそも同窓会というのは、そういうものだから仕方ない。


子どもの頃、私はひどくぼんやりとしていた。何をやっても失敗ばかり。トロくて卑屈で、ひと言でいえばナメられる存在だった。男の子にもイジめられたけれど、女の子にもイジめられた。その先頭に立っていたのがA子であった。小学校から一緒の彼女が、私は苦手で苦手でたまらない。とにかく気が強くて、心底意地が悪いのである。この話をすると一篇の小説になりそうなのであるが、私は彼女から逃れるためもあり、ふつうの女生徒が行く女子高校ではなく、ぐっと偏差値の高い共学に進んだ。当時は皆の憧れる高校。本当は私レベルでは行けない学校であったのであるが、ここでリセットしないと、自分の人生がどれほど悲惨なものになるかわかっていたのである。読みはあたって、高校生活はそれはそれは楽しかった。変わり者と言われた私が、なぜか高校では人気者になったのである。

しかし私はある日、校庭でA子に見つかってしまった。彼女はスポーツ部の練習試合で、私の高校にやってきたのだ。そして彼女は私に向かって大きな声で罵しったのである。

「この学校は、男がいっぱいいて満足だろう。嬉しいだろう！」

ちょっとおっかない話である。それから四十年近くたったある日、私はデパートのサロンで、有名脚本家の方とトークショーをしていた。数十人の小さな集まりだったので、そのショートカットの女性は目についた。どこかで見たような気もする…。質問の時間になった。彼女は手をあげる。

「私のこと、憶えてますか」

A子だったのである。その時、どういう会話をしたか憶えていない。まぁ私も充分大人になっていたし、余裕で受け答えしたと思う。

A子が癌で亡くなったと聞いたのは、それからわずか二ケ月後である。死の間際に、彼女は何を思ったのだろうか。自分がいつもバカにしてイジめていた、愚図な頭の悪い女の子。その子が作家だって、トークサロンだって。だったらちょっと行ってみようか。そして何かひと言いってみたい…。

私は彼女の心理を思うと、じわっと背筋が寒くなる。本当に彼女は、最後の最後まで私のことが嫌いだったんだろう。無邪気に、見せびらかすために同窓会は行かない方がいい。

自由になった「四十代の夜」。とろとろ酔う楽しみと引き換えに、罠もひそんでいる

元アイドルの女性タレントが、酒気帯び運転をしている最中、ひき逃げを起こした。逮捕された写真が、生々しく事件の大きさを伝えている。

これを見た多くの人が、

「小さな子どもがいるのに、どうして深夜まで飲むのだろう」

と思ったに違いない。

つい先日のこと、仲間と飲んでいたら知り合いの奥さんに出会った。真夜中のことである。確か彼女には幼稚園児を含めて三人のお子さんがいるはず。こんな時間に出歩いていいのかなあと、つい余計な心配をしてしまう。

彼女は数人の女性グループと来ていたが、もしかするとママ友かもしれない。夫に子どもを託して、たまの夜遊びを楽しんでいるのだろう。とやかく言うことはないと思いながら時計を見た。もう十二時を過ぎている。

ママ友といえば、ちょっと前に見た光景も忘れられない。人気の高級レストランの中央テーブルで、十人ほどの女性がシャンパンで乾杯していた。みんな三十代終わりから四十代と思われるが、その綺麗なことといったらない。秋だというのに、たいていがノースリーブだ。髪型やアクセサリーも、目をひくほど洗練されているのだ。

中に私の知り合いがいて、言葉をかわした。

「今日はママ友と来ているの」

聞くと某名門小学校にお子さんを通わせているお母さんたちだ。どうりでお金のかかった服装をしていると納得した。

しかしこのもの慣れた様子はどうだろう。若い娘時代から、こんな風に遊んでいないと、これほど堂々とふるまえるはずはない。

美しいママたちのシャンパン風景は、かなり目立ったようで、私と一緒に食事をしていた年配の女性は、

「今どきのお母さんって、すごいわねぇー」

としきりに言っていた。彼女の年代だと考えられなかったことだろう。

私はといえば、子育て中も仕事柄、夜出かけることは多かった。子どもが大学生

になった今では、二次会のお酒につき合うことも増えたが、小さい頃は一次会の食事だけと決めていた。フォーマルなものではなく、宴会っぽいものだと、途中からするりと抜ける。

「ハヤシさんは、いつも八時頃になると消えていくね」

と笑われたものだ。

ベビーシッターさんを頼んでいれば、その時間までに帰らなくてはと気がせく。夫もいい顔をしない。食事の終わり頃、そわそわする。デザートが運ばれ、もうこれで帰れると思う頃、コーヒーを飲みながらえんえんと話し込む人がいる。目上の人だと先に帰ることも出来ず、どれほどいらついたことか。

が、そうしたこともう記憶の遠くにある。

夜がかなり自由になった。そしてあたりを見わたすと、一緒にお酒を飲んでいる女性はまだ四十代。子育ての真最中だ。

「パパがちゃんと寝かしつけてくれるから大丈夫」

ほとんど何もしてくれず、帰りが遅いとガミガミと叱るばかりだったわが夫と比べ、なんて恵まれているんだろう。いい時代になったと思わずにはいられない。

しかしなあ、と私は思う。この飲み方はないだろうと、ホイッスルを鳴らしたくなるような時がたびたびある。

ひと言でいうと、だらしない飲み方だ。呂律《ろれつ》がまわらなくなるぐらい酔っぱらう。男の人にしなだれかかって自分を忘れている。まわりの人はちゃんと見ていて、

「あの人の飲み方って、ちゃんとした奥さんの飲み方じゃないよね」

とささやき合う。果ては、

「家の中がうまくいっていないんじゃないの、欲求不満じゃないの」

などと噂されるのだ。

ハメをはずす、という言葉がある。自分にとっては、一ケ月に一回のハレの日かもしれない。パーッといこうと思うかもしれないが、それは個人的なこと。まわりの人たちを見て、あるいは店の雰囲気から、今日はこのくらいの飲み方をしようと計算するのは、大人の女性にとって大切なことであろう。

という私もちょっと飲み過ぎることは何度かある。ワインに目がないので、いいものをあけてもらうとグラスを次々と飲み干してしまう。

とろとろと酔っていくのは楽しい。大胆な自分になるのも好ましい。が、まだまだ若く美しい四十代には、いろんな罠《わな》がひそんでいることは憶えていて。

つい最近までさんざん甘えた「四十代娘」。リタイアし、年とった親とこれからどう向き合う？

大学生になり上京した頃、母の知り合いのうちに何かとお世話になっていた。

そこには三人の美しい姉妹がいて、末っ子とは同い齢であった。当然のことながら私とまるっきり違う。名門女子大に小学校から通い、ゴルフ、海外旅行という華やかな生活に私は目を見張った。

それよりも驚いたのは、いちばん上のお姉さんだ。当時いいところのお嬢さまというのは、大学三年か四年で婚約をして、卒業を待って結婚というのがふつうであった。すぐに赤ちゃんが生まれる。が、二十三、四歳でまだ娘気分が抜けない。すると午前中子どもをうちに連れてきて、お手伝いさんに預ける。そしてお買物やゴルフに出かけるのだ。ほぼ毎日。

「お金があるということは、娘の時代をこれほど長びかせ、エンジョイ出来るということだなあ……」

と、まだ十代だった私は、別世界をかいま見たのである。

そして何十年かたち、娘が幼稚園に入った頃、知り合った若いお母さんがいた。

彼女は一度も料理をしたことがないと平気で言うではないか。

「それじゃ、毎日のごはんは」

「近くにいる母がつくって持ってきてくれるのよ」

「お子さんのお弁当はどうするの」

別の人が聞いたところ、

「母が毎朝つくってくれるのを、子どもを送る途中ピックアップするけど」

非難する気はまるで起こらなかった。ただ若い頃見た、ベンツで毎日子どもを〝届け〟にやってくる、若く美しいママを思い出し、

「実家にお金があって、しかも母親が近くに住んでいて若いってなんていいんだろう」

とただ羨しかった。

高齢出産をした私の母自身も、かつて高齢で私を産んだ。当時八十代でしかも遠くに住んでいたからだ。

しかしあたり前のことであるが、親がいつまでも若くいられるはずはない。実家

もずっとお金持ちでいられるというのは稀《まれ》であろう。

二十年ぐらい前のこと、私は湘南《しょうなん》に行った際に友人のうちを訪ねた。ここには大学の同級生が住んでいて、よく泊めてもらったものである。すごい門構えの、豪壮なお屋敷はそのままで、お父さんが亡くなったことはそれほど痛手になっていないとほっとしたものだ。

家の中には彼女と車椅子のお母さまがいた。そしてお母さまは意外なことを口にしたのである。

「私のお葬式は何とかこのうちから出してもらいたいの。ここのうちは借家なんで、いずれ出ていかなくてはならないから」

そうかぁと私は感慨にふける。私たちが大学生の頃、家はいちばん隆盛の頃であろう。勤めている父親は、それなりの役職につき、自営業の父親は働き盛り。経済的にもいちばんうるおっていたはず。だから母親は娘に甘い。たっぷりといろんなことをしてくれるはずだ。

この状態をひきずったまま、多くの女性は三十代に入る。そして中には、子どもの私立の授業料を出してもらったり、お弁当を毎朝つくらせたりする娘も出てくるのだ。

が、四十代に入るとそうはいかなくなる。ほとんどの親はリタイアし、そして年とっていくのである。介護はまだもう少し先だとしても、前のようにはしてくれない親が家にはいる。

これはショックに違いない。親の無力化を知るのは、自分の娘時代の喪失である。ここの切り替えがうまく出来ないと、その後つらいことが増えてくるのだ。

世の中では「八〇五〇問題」というのが起こっている。八十代の親の年金頼りの、五十代の独身の子どもが急増しているというニュースである。

これは悲惨な例だとしても、久しぶりに実家に帰り、何とはなしに荒れた感じに気づいたりはしないだろうか。

恒例の海外旅行、

「今年からは全部そちらで出して」

と言われたりはしなかったろうか。私の友人は衝撃のあまり、旅行自体を取り消してしまった。

あと十年たつと、娘たちも覚悟が出来るはずだ。もはや親たちは庇護《ひご》してくれる存在ではない。こちらが庇護しなければならない存在なのだと。

ただ中途半端の、移行中の状態はつらく悲しいかも。

四十代の子どもは何をすべきなのか。何もしなくてもいいと私は思う。ただ自分の幸せな姿をたっぷりと見せる。時おり、ねだったり甘えたりする。しかしこれは演技だということは頭に入れて、少しずつ回数を減らす。そして親の姿をしっかり記憶する。自分もいつか全く同じ日を迎えることを意識して。

料理屋から届いたおせちを前に、自分の人生を考えてしまう、お正月

お正月をどうすごすか、という話題になった時、

「いやー、その話はやめてー」

と半ばふざけて耳をふさぐ友人がいた。彼女のおうちは代々の会社経営者。古いおうちなので、いろいろなしきたりがある。おせちのつくり方から、大勢やってくる年始客の対応は、姑や昔からのお手伝いさんの特訓を受けたという。今もおせちは買ったりしないという珍しいおうちだ。暮れはふた晩ぐらい徹夜すると聞いて、一同ヒェーッと悲鳴をあげた。

一家で熱海《あたみ》の高級旅館に泊まるという友人もいた。とてもやさしい夫なので、彼女のご両親も招待してくれるという。そしてその二日間の料金を聞き、再びヒェーッという悲鳴が起こる。

まぁ、どちらともお金持ちなのでこういうことも出来るのだ。それではわが家で

はどうかというと、届けてもらったおせちを食べた後は、夫と子どもとで彼の実家へ行く。ここでは夫のお父さんの故郷のしきたりにのっとって、干し柿とタクアンをいただく。お雑煮はゴボウや大根、にんじんをたっぷり入れたけんちん汁風のものだ。私の実家は、父が東京だったので、カマボコと三つ葉だけのあっさりとしたもの。

結婚したばかりの頃、

「お雑煮はどちらの家のものをつくるの」

とよく聞かれた。私がそういうことで自己主張すると思っているのであろうか。たかだか元旦の汁ものの中身で、私は争ったりはしない。

今思うと後悔するのであるが、私はコンサバな男が好きであった。それまで私が接していたマスコミの男性というのは、俗っぽい人が多く、家庭を持っていても大っぴらに女性関係を自慢する（当時は）。私はちょっとああいう人はなぁと、考えていた。まぁ、あちらからも声もかけられなかったわけであるが。

あの頃、出来る限り、お堅い家庭のお堅い男と考えていたのであるが、三十六にして望みどおりの相手が見つかった。そういう私の嗜好《しこう》に、正月という行事はぴったりだったのである。

自分で小紋を着つけ、お年賀の小さな品を持ち、夫の実家へ行く楽しさ。お屠蘇《とそ》を家紋つきの酒器で順ぐりでいただく。まだ健在だった夫の父が、着物姿でおごそかに注いでくれたりするのは、まさに「イベント」という感じでわくわくした。が、私にとっての正月は遠ざかるばかり。最近母が亡くなったが、親がいなくなるということは、故郷でのお正月が消滅することである。毎年正月の二日に、山梨の親戚が集って新年会が行なわれるが、そこにも行かなくなった。

それではどんな正月かというと、思いきり手抜きしている。まずよく知っている日本料理屋さんから、桐の重箱が届く。それをそのまま出す。まぁ、正月であるから、それなりのテーブルセッティングをする。いつもは出さない黒い漆の折敷《おしき》に、うんといい有田《ありた》や九谷《くたに》といったお皿を並べる。お椀も金沢で買った輪島《わじま》塗り。

しかし夫は怒る。

「こんな汚いところで、正月を迎えるのか」

ふだんでさえ、女主人の私がだらしないため、わが家はとても散らかっている。年末年始はお手伝いさんが休むため、目もあてられないほどだ。

「少しは片づけたらどうだ。どうして外から持ってきたものを、すぐ床に置くんだ」

と夫は怒鳴りちらす。スクエアな男は、年をとると小言ばっかりのじいさんになるのを私は知らなかった。家事なんかいっさいしない。週に一度、資源ゴミを出してくれるぐらいか。父親があまりにもうるさいので、娘はぶすっとして口もきかない。それがわが家の正月だ。こんなはずではなかったとため息をつきながら、私はあることを思い出した。

ある暮れに、デパートで素晴らしい重箱を見つけた。いい塗りに竹と箔《はく》をあしらっている。高いけど思いきって買おうと思った時、私は首をふった。その頃私には子どもがいなかったのだ。こんなものを買っても、私が死んだらすぐに捨てられるだけだ。子どもが欲しいと切実に思ったはじめてである。

家族を持ち、子ども、孫と使い継がれる重箱におせちを盛り、そして晴れやかに正月を迎える。あんなに熱望した夢は、かなえようとすればかなうのに、私はおせちをそのまま出す。ラクチンな正月ばかりを考える。

私はいったい、どんな人生をおくりたかったのか、と考えさせられる年の始まりだ。

子どもの理想どおりに生きていける母親なんていない。母はいつも悩んでいるものだから

日本で今、いちばん注目のティーンといったら、何といってもモデルのKōki《コウキ》,さんであろう。

その彼女とつい最近、お話しする機会があった。海外の宝飾会社が選出するウーマン・オブ・ザ・イヤーの一人に私が選ばれ、そのレセプションでのことである。思っていたよりもはるかに背が高く、すらっとしている。信じられないほど顔が小さくて、まあ可愛いことといったらない。

私を先頭にミーハーなおばさんたちがまわりをとり囲んで、

「なんてかわいいの、かわいー」

と叫ぶ中、ちょっとはにかんでいた。

びっくりしたのは、あれだけの大スターのお子さんで、自分も大変な人気者だというのに、楚々《そそ》としたふつうのお嬢さんだということ。受け答えもきちんとしてい

るが初々しい。

みんな、

「なんていいコかしら」

と感激してしまった。あれならばお母さんの工藤静香《くどうしずか》さんも、さぞかし自慢であろう。私は工藤さんの「母親力」について考えてしまった。

私のまわりでもこの「母親力」が高い人がいる。幼稚園から仲がよかったママは、上のお子さんを名門私立大の医学部に入れ、そしておとといしはうちの娘の同級生を、超一流国立大の医学部に現役合格させた。なんてすごいの、とため息をつく私たちママ友に向かい、

「私はあなたたちのように、自分の楽しみを第一に考えなかったから」

と彼女は言いはなった。

これには私たち一同しょぼんとしてしまった。

「そうだよねー、私やマリコさんは、ずっと、それ海外旅行だ、食べ歩きだってやってたもんねー」

と仲のいいママ友は言ったものであるが、彼女のお子さんにしてもとても優秀で、大学を出た後、アメリカの有名大学に留学している。そして二人の子どもを医学部

に入れたママにしても、とてもおしゃれで、ジムに通っているからプロポーション
も完璧。とても、

「自分の楽しみを第一に考えなかった」

という風には見えないのである。

今頃の季節になると、よく芸能人の子どものお受験が話題になる。すると一流の学校に受かった子のママを、いかにも賢母のようにマスコミがちやほやするけれど、あれはちょっと疑問だ。子育てが成功したかどうか、などということが、五歳のお子ちゃま時点でわかるはずはない。

母親力が評価されるのは、子どもが自立し始めた時、自分の進路を決めようとしている時ではなかろうか。勉強するということは、何もいい大学に入るためではない。自分の可能性を広げるために、人は若いうちから努力しなければいけないのだ、ということを教えてやれる母親は素晴らしい。しかしこのあたりがとてもむずかしいところだ。

何度もこのエッセイで書いているとおり、女性の四十代というのは、とても忙しく楽しい時である。まだ充分に美しいから、それをキープするには、いろいろと努力も大変だ。

私はかねがね、

「親が楽しく生きていれば、子どもが間違った方向には進まない。私は自分の子どもに、大人になるというのは、こんなにいいことなんだ、ということを教えたい」

ということを言ってきた。

しかし自分個人の楽しく生きる人生と、子どもを見守る人生とを両立させるのは、なんとむずかしいことであろうか。それは裕福な専業主婦なら出来る。時間配分がうまくいくからだ。

しかし仕事を持っているとかなり困難である。多くの女性が苦労するところだ。子どもと接する時間と、子どもの伸びる時間とは必ずしも比例しない。

と言う識者もいるけれども、本当だろうか。

また私はよく恋する母親のことを小説に書くけれども、そういう時、子どもの描き方に苦慮する。親の華やいだ気配に、子どもは敏感だ。特に女の子というのは、たえず鋭い触覚をはたらかせている。

おしゃれで綺麗で、いきいきと働いていて、だが、子どもを第一に考えている母親。これが子どもが考える理想の母だろう。だが、子どもの理想どおり生きていける母親なんて、世の中にそう何人もいない。配偶者のことも含めて、母はいつも悩んでいる。その悩みをどこまで子どもに見せていいのか。母の日常はそんなことの繰り返しではないだろうか。

人にものを「教えてあげる」行為は、この上なく楽しく、また苦しい

女性雑誌をぱらぱらとめくっていたら、

「憧れの宝塚《たからづか》ポーズ」

というのがあり、思わずひき込まれた。

私はかねがね、宝塚歌劇団の魅力の神髄というのは、燕尾服《えんびふく》の男役のダンスだと考えている。長ーい手足を伸ばして、階段で踊る。そのカッコいいことといったらない。男性ダンサーには、まず真似出来ない素敵さであろう。なぜなら彼女たちは、「女が考える理想の男」を日々研究しているから。そして女性であることにより、ヒールを履くことが出来る。このことで、脚はなおさら長くなるのだ。

女性誌はこのことを踏まえ、このポーズを解説していた。私も思わず、雑誌を置いて同じ格好をしてみる。そして私のこのうえなく幸せな経験を思い出すのだ。

十年前のこと、私が所属している文化人の団体が、高知で大きなシンポジウムを

開くことになった。

「それじゃ、龍馬《りょうま》のミュージカルをつくろう」

と言い出したのは、メンバーのひとり秋元康《あきもとやすし》さんであった。

このあたりのことは、当時興奮して書きまくっていたので気がひけるのであるが、そのミュージカルで私は準主役、龍馬の妻おりょうを演じることになった。龍馬の役は、宙《そら》組の男役トップスターだった、姿月《しづき》あさとさんである。

毎日二人でラブシーンを稽古したりしているうち、私はやがてふつうではない心理状態に陥った。ふわふわと毎日バラの園の中に生きているような気分なのである。考えることといったら、姿月さん演じる龍馬のことだけ。長い人生、あれほど人を好きになったことはない。

姿月さんが好きなのか。

演じる龍馬が好きなのか。

もうわけがわからない。とにかく夢の中を漂っていた。するとある人が、

「ハヤシさん、それこそが宝塚のファン心理よ。そしてハヤシさんは仮の娘役を演じることにより、究極のファンの歓びを知ったのよ」

というのだ。

一時期、私はもしかするとLGBT（当時はまだその言葉はなかった）のLかBか、と考えたりもしたが、ミュージカルが終わるとツキモノが落ちたようになったではないか。稽古場では、スターのオーラがびんびん飛んで口もきけなかった姿月さんも、ふだんは気さくな「大阪のおねえちゃん」。すっかり親しくなった。そして私はそこそこの「宝塚ファン」となり、今日に至っている。

ところが最近、チケットの入手のむずかしさが半端ない。世の中では空前の宝塚ブームが起こっているというのだ。週刊誌によると、「お客がお客をつれてくる」。つまり宝塚のファンになった人は、友だちとこの感動をわかち合いたいと考える。そして苦労してチケットを二枚とり、一緒にやってくる。「教えてあげる」という行為が、大人の女性の心をとらえたというのだ。

なるほど。人はものを学ぶ時、「教える」という行為で完成に近づいていく。人にものを教える、というのは、とても楽しい行為だ。しかしふだんこれをやると、たいてい嫌われる。

昔、知り合ったある女性（ふつうの奥さん）が、

「カジュアルファッションって、こうなんですよ」

とやたら口をはさんできた。が、彼女の着ているものは、

「アナタにそんなこと教えてもらいたくない」

というレベルである。私のまわりには、ファッション誌の編集者や、スタイリストたちがいる。この人たちに教わるから、黙っててと、何度か口に出かかった。教える、という行為はひとりでは出来ない。必ず聴き手が必要だ。素直なやさしい聴き手。が、そんな人たちはめったにいるものではない。

私の友人で、とにかくその場で人を押さえ込まなければ、気がすまない人がいる。とうとうと何でも喋べる。私へ向けられた質問も彼女が答える。たとえば、

「出版社の景気、本当によくないの」

「西郷《さいごう》さんって、どういう人だったの」

彼女は喋べる。かなりガセを混ぜながら。みんなは「知らなかったー」と驚く。私はイライラしながら聞いているのであるが、二人きりになった時に言った。

「その場でいちばん詳しい人が喋べればいいの。どうしてあなたはすぐに人からマイクを奪うの」

あ、そう、としか言わない彼女。もしかしたら今、私はマナーを教えているのかもしれない。教えても教えても全く変わらない彼女。人はどこまで人の気持ちに介入出来るのか。いつも考えている。

3

中年女が若い女に勝つ方法

上質なコートは、女に軽くてやさしい着心地と高揚感と、幸せまで与えてくれる

私はコートにはお金をかける。

インナーには、ファストファッションを着ることがあっても、毎年コートは背伸びしても高いものを買う。なぜならばコートは預けて人の目にさらされるものだからである。

レストランでは黒服の男性が、帰りしなにコートを肩にかけてくれるし、そもそも預ける時にクロークの人がちらっとラベルを見る。そういう時に、やはり安物は着たくないと思う。そしていいコートを着ると、当然小物にも凝ることになる。色合いのいいストールを首に巻き、グローブをつけると、とてもエレガントな気分だ。ファッション誌を見ると、サングラスを合わせているけれども、これは私にとっては難易度が高過ぎる。

そういえばサッカーの本田圭佑《ほんだけいすけ》選手が、ミラノのチームに移籍した際、こんな質

問を受けていた。

「どうしてあなたはサングラスをいつもしているのか」

これに対する彼の答えが、とてもウィットにとんだものであった。

「何千回もその質問をされたが、要はファッションである」

そうか、サングラスというのは、これほど断固たる意志を持っていなくてはいけないのだと、目からウロコが落ちる思いであった。私もサングラスが大好きでいくつも持っているのであるが、まわりの目が気になって仕方ない。

「電車の中でははずすべきなのか」

「夜にするとおかしいかしら」

「冬の最中、やっぱりしてるのヘン？」

とさまざまな疑惑がわいていたのであるが、これからは一回したらずっとかけ続けることにしよう。

「ファッションなんですから」

と心の中で言い張ることにしよう。

ところで、昔、私は貧しくて、コートを買えなかった。何を着ていたかというと、ニットのフード付きジャケットを着ていたのである。いや、あの頃もう働いていたし、丸井《まるい》の月賦も盛んであった。コートを買おうと思えば買えなかったこともない。しかしなぜか買いたくなかったのは、私の予算では安っぽいコートしか買えなかったからである。

コートははっきりと値段がわかる。カシミアの高価なものは素敵な光沢があり、ビロウドのようななめらかさをもっている。しかし安いコートは、どこかパサパサしているような気がした。ああいうコートは着たくなかったのである。

そして寒さに耐えかねて、ボーナスが出た時にコートを買ったが、くすんだグリーン色のどうということもないコートである。シルエットも綺麗ではなく、やけに太って見えたのをよく憶えている。

あの頃女の人というのは、コートを買う算段をあれこれして、少しでも上等なものを手に入れようとバーゲンに足を運んだのではなかろうか。

しかしこの何年か、世の中は「コート平等主義」となった。老いも若きも、お金持ちもそうでない人も、みんなダウンコートを着るようになったのである。ダウンコートはなかなか値段の上下がわからない。みんな同じように見える。そして暖かく軽いことこのうえなく、私もダウンを愛用するようになった。そのとたん、しゃれっ気がまるでなくなったのである。ニットにデニムというい でたちにダウンをひつかければ、さまになるといおうか、冬はすべてOKという感じだ。おしゃれなワンピースの時も、ダウンは似合う。この万能のコートを手に入れてからというもの、中身に気を抜くようになった私である。ファッション雑誌を見ると、ダウンの下にかなり趣向をこらしているが、たいていの人がダウンを着るとなると、中身にそう気をつかわないのではなかろうか。

「今はおしゃれ冬眠中」

と言いわけをして。

私もコートを何着も持っているが、ひときわ寒さ厳しいこの冬はダウンが手放せないようになった。それなのに、暮れに全く衝動買いでエルメスの白いコートを手に入れたのである。ファッション誌のグラビアで、小雪《こゆき》さんが着ていらして、あまりのカッコよさにため息をついたのを憶えている。小雪さんとは似ても似つかぬ私は、少しでもマシに見えるようにいろいろと工夫した。いつもの黒タイツでは足元が重くなるのでナチュラルストッキングにして、ここが大切なことであるがフラットシューズはやめた。必ずヒールの靴かブーツをはく。そしてバッグはピンクのボッテガ・ヴェネタ。このコートを着ていくと皆に誉められる。冬に白いコートなんてすごいおしゃれと驚かれる。何よりもこのコートの着心地ときたら…。軽くて肩にふんわりとやさしい。そして何よりダウンとは比べものとはならないこの高揚感。仕上げにサングラスをつけようと今考えている。コート一枚でこれほど幸せになれるとは思いもよらなかった。

ふつうの中年女性が、その必要があった時に道具として喋べる英語ほど、知的で優雅なものはない

日本ぐらい〝英語格差〟が大きい国はないのではなかろうか。

香港《ホンコン》、フィリピンだとみんなふつうに喋べる。中国や韓国《かんこく》も大学生がうまくてびっくりしたことがある。

が、日本は違う。ちゃんと大学を出ている人でも英語が苦手だし、そうかと思うと鼻ピアスしているおニイちゃんが、ネイティブに話したりすることもある。

私は編集者と海外取材に行くことが結構あるが、喋べれるかどうか到着するまでわからない。ホテルのフロントで手まどる彼女に、

「あなた確か、国立の○○大学の英文科卒業じゃなかったっけ」

と問うたところ、

「私の専攻はシェイクスピアだったんで、現代の英語は使えないんです」

と答えられて笑ったことがある。

そうかと思うと、期待していなかったのに、全くそうは見えない男性の編集者がぺらぺらだったこともある。

英語がうまいのはファッション誌の編集者だ。外国モデルとつき合うかららしい。仲のいい編集者の女性がいて、しょっちゅうプライベートで一緒に香港へ行くが、ものすごい早口のネイティブに近い英語だ。レストランやショッピングに行っても、店員さんと話し込んで友だちになってしまう。

「入社した時にかなり頑張って勉強した」

というから年季が入っている。

私はといえば、長いこと英語には本当にお金と時間を遣ってきた。そして出した結論は、

「私には語学が向いていない」

というものである。暗記力がまるでないうえに、コツコツ積み重ねていく作業が苦手なのだ。

「いいもん、仕事で海外行く時は編集者と通訳がついてきてくれるし、遊びに行く時は夫が話してくれるもん」

とこの数年は居直るようになっていたのである。が、隣りの仲よしの奥さん、正

確に言うと一軒おいたマンションに住む奥さんに注意された。一緒にアメリカンスクールのバザーに行った時のことだ。私はほとんど通じないのに、彼女は流ちょうに話し始めたのだ。

「主人がニューヨーク転勤の時に、私も現地で勉強しました」

とのこと。そしてこんなこと言われちゃった。

「やっぱりマリコさん、喋べれた方がいいですよ。名前と顔をある程度知られた人なら、みんな英語喋べると思って話しかけてくるはずですから」

確かにそのとおりだ。このあいだ女友だちとランチをしていて、みんなで韓国に行こうということになった。その時メンバーを見てふと思った。みんな四十代後半であるが、一人は元CA、一人は海外留学経験あり、そしてもう一人はご主人の海外赴任が長かった、つまり英語が話せないのは私だけだ、ということに愕然《がくぜん》としたのである。

オリンピックが近づいてきて、舛添要一《ますぞえよういち》東京都知事（当時）は、

「都民みんなが英語を喋べれるようにしましょう」

とテレビで語っていた。道を聞かれた時に「右」「左」ぐらいは話そうということらしい。

実は私、外国人と話したくてたまらないタイプ。道を聞かれたらカタコトでも話し、わからない時は一緒に連《つ》いていってあげる。先日はホテル内のお鮨屋のカウンターに座ったら、板前さんが、

「ベリー・オイリィー・ツナ」

と大トロを説明していた。私は一人でぎこちなく箸を動かしている外国人男性に、

「おいしいですか」と聞きたくてうずうずしていたのであるが出来なかった。なぜなら彼と私との間に、英語がすごくうまい友人が座っていたので、彼女に聞かれるのがイヤだったのだ。このミエと照れがいけないのかも。

ふだんはそんな風に見えない中年のふつうの女性が、その必要があった時に英語を喋べる。それはいわゆる「帰国子女」っぽい早口のそれではなく、学校で習ったものを進化させた英語。それで外国の人と会話するさまはとても素敵だ。

この年齢は留学や遊学がそれほど一般的でなかった世代である。現地に行かずに勉強で得た英語はとても知的で優雅だと私は思う。発音がネイティブでなくてもちゃんと通じる、喋べる内容を持つ人が、道具として使う英語。私もとてもそれに憧れている。

よし、また英語教材をひっぱり出そう。そうそう、流行の「聞くだけでＯＫ」の

教材を私も買ったが、大人の学習はやはり目で見なくてはダメだと思う。文章を字で確かめながら音で聞く。よし、今度こそちゃんとやる。ホントにやる。

夏は近づくが、カラダの準備は追いつかない。せめて母の教えの肘とカカトと〝やる気〟だけでも

夏が近づくにつれ、私の気分は暗くなる。カラダの準備がまるで出来ていないからだ。

昨日、倉庫会社からダンボールが届いた。今年から試しに服を預けているのであるが、とてもいいシステムだ。冬の間に夏物を保管してくれているうえに、ちゃんとクリーニングをしてくれるのだ。

箱を開けると出てくる、出てくる。夏のジャケットが七枚にワンピース、スーツも何点か。空恐ろしいことに、私はこの洋服の存在をすっかり忘れていたのである。しかももっと怖いことにそれらの服はほとんど小さくなっているではないか。

「えー、私って昨年の夏は、こんな細っこいワンピース着てたんだ⁉」

別にふつうの人に比べればまるで細くないのであるが、それでも今のサイズアップしたものに比べるとずっと細い。人というのは面白いもので、着なくなった服や、

昔の写真を見て「細い」と思った時は、こっちが太っている時である。逆に、

「やだー、こんなに太ってたんだ」

と写真を眺める時は、こちらがスリムになっている時だ。

とにかく今の私は、

「やだー、今よりずっとスリムじゃん」

とわずか一年前の自分に感動してしまった。が、感動しても仕方ない。私は着られなくなったものを、ダンボールにぎっしり詰めて弟嫁に送った。かなり惜しいものも幾つかあったが、このあいだ見た週刊誌の見出しに励まされた。

「捨てたものを後悔することは絶対にない」

私の場合、捨てるわけでなく弟の奥さんに送るわけだし…とさらにダンボールの中にぽんぽん投げ込んだ。ついでにハンドバッグを二個も。そして悩み始めた。

「そのうち一個はクロコ使いの贅沢なものだったわ。そうよ、クロコの白なんて今からの季節にぴったりじゃないの」

出先で急いで秘書に電話した。

「今から業者が取りにくるダンボールのことだけど、いったいいつ集荷にくるのかわかる?」

「さっき電話して、今、取りにくるのを待ってるんです」

よかった、まだ間に合う。

「悪いけどダンボールを開けて、その中に白いバッグが入ってるはずだから、それだけ取りのけといてくれない。やっぱり人にあげるのが惜しくなったの」

わかりましたと言いながら、秘書がふふと失笑しているのがわかった。なんて往生際の悪い女だと思っているに違いない……。

いやいや、話がそれてしまった。今回はカラダの準備について書くつもりだったのに。さて夏が近づくにつれ、私の中に大きな願望が生まれた。そう。ノースリーブを着ることだ。

私はノースリーブのワンピースが大好きなのであるが、二の腕を出す勇気がまるでない。冬の間にぶくぶく白くなっているのである。このあいだパーティーがあり、友人何人かと出席した。すると〝仲間〟と勝手に思っていた一人が、肩をすっかり出したドレスを着ているではないか。またその腕がすっきりとしてほどよく筋肉がついていることに、私は裏切られたような気分になった。

「なに、何なのよ、これ！」

私といつも一緒に中年デブのキャラをやっていた彼女に、こんな素敵な二の腕があったとは!!

恨みに思ったほどである。私ときたら必ず何か羽織らなくてはならない。しかしストールで隠すというのはそれだけでおばさんっぽい。

そんなわけで毎日テレビを見ながらも、ちゃんとスクワットをやっている私。週に一回はまた近くのジムにも行くようにしている。だがこれといって進展はない。

さて、二の腕はどうにかなるとしても、もうひとつの鬼門が。私は仕事柄か肘が黒ずんでいるのである。余りものの化粧液をこすりつけ、スクラブも忘れないでしているのに、なぜか薄汚い感じ。おかげでノースリーブどころか半袖も着られなくなってしまった。

そうかといって、ガリガリのゴボウみたいな人にはなりたくない。私の親しい女性は、冬でもノースリーブだ。ゴルフで陽灼けした腕は真黒になっていた。それが自慢らしく、いつも袖がついているものは着ない。なんかあれもなあ…という感じがある。

どう頑張っても、中年は若いコたちにかなうはずはないのだから。ピチピチの肌とはつらつとした肢体にはかなわない。せめて肘とカカトをちゃんとしなければ。そしてやる気だけを持つ。そしてディテールにこだわる。これは母の教えである。

女たるもの、一生ダイエット、一生、英語。だらだらやったり、夢中になったりしてずっと生きてく

ちょっとおハイソな方のホームパーティー。外国の方も混じっている。ふと気づくと、一人で黙々と料理を食べている私。

こんな時、英語が喋べれないのが本当に口惜しい。もともとお喋べりな私のこと、外国の方とお話し出来たらどんなに楽しかろう。

若い頃はそれなりに努力もし、お金も遣った。しかし私と英語とは相性が悪いらしい。個人教授について構文を習っても、教師に別れを告げ、歩き出したとたん忘れてしまうのである。

私の友人（男性・六十代）も言っている。

「僕みたいに頭のいい人間が、どうして喋べれないんだろう。どうってことのないそこらのニイちゃんが、自分の目の前でペラペラ喋べり出してエラそうにしてるの、本当に腹が立つ」

これは別のエッセイにも書いたのであるが、仏文学者の鹿島茂《かしましげる》さんから、こう聞いたことがある。

「作家で英語のうまい人はまずいないはずだよ。脳味噌の中には語彙《ごい》をつかさどる部分があるけど、それには容量がある。日本語をもって仕事している人は、それでアップアップ。とてもじゃないけれど、他の語彙を入れるスペースはないはずだよ」

これで鬼の首をとったような気分になった私。

「そうよね。私みたいな仕事をしていたら、英語がダメなのは仕方ないのよ」

そしてある人の言葉も、都合よく思い出す。ある企業のトップだ。

「ハヤシさん、僕は海外に行く時は必ず通訳つけるよ。えらい人間は自分で喋べらなくてもいいの。そのために通訳がいるんだから」

とまあ、喋べれない理由をいろいろ並べているのであるが、事態は変わるわけではない。

「英語が話せないおばちゃん」という事実がそこにあるだけだ。

私の親しい女友だちは、元CA、海外留学経験ありとみんな英語が喋べれる。仲のいい女性編集者はネイティブなみ。

「ファッション誌やれば、必死で習うようになる。外国人モデルとコミュニケーションとれないから」

ということで、彼女たちと海外へ行くと、自然に無口になる私。買物くらいはどうにかなるが、ホテルのフロントでの会話は全部お任せしよう。

そうだ、いくら日本語を操る物書きだとしても、ふつうの会話くらい出来なければダメなんだ。国際化、オリンピック近し、などという前に、いい年の女が、相手の言うことがよくわからず、困惑しているのはみっともないではないか。日本人独特の曖昧な笑いをつい浮かべてしまうのも、見よいものではないはず。

やっぱり英語をちゃんとやろう。うちの中を探せば英語教材のひとつや二つはころがっているはずだ。うちにはスピードラーニングが封を切らずにつみ重なっている。

私がお手本とするのは、今は亡き筑紫哲也《ちくしてつや》さんの英語である。いわゆるネイティブの早口英語ではない。ゆっくりときちんとした英語で、高校のグラマーの授業に出てくるような文章を丁寧に発音していらした。いわゆる〝日本語英語〟であったが、深い知性と教養を感じさせた。相手にももちろんちゃんと通じていた。

そう、大人はあの英語でいいのだ。本当にそう思う。

この頃、こう考えることにした。

あんまり効果はないけど、私はずうーっとダイエットをしている。何度も気をゆるめて、もうこのくらいでいいや、と思う。すると、一週間で二、三キロ増えていく。痩せないにしても、ダイエットというのは一生続けていく心がけなのだ。英語もそうではないだろうか。喋べることが出来なくても、常に心がけ、映画の字幕に目を凝らし、耳をそばだてる。英語のアナウンスをうんと注意して聞く。そして外国人と会ったら、五分間くらいは喋べってみる。これだけでもだいぶ違うのではないだろうか。そうだ、一生ダイエット、一生、英語。どちらもだらだらやったり、夢中にやったりしてもとにかくやめない。意識して生きていく。これが現代の女のたしなみであろう。

ところで私は英語がダメなので、英語を喋べらない男性というのはちょっと…。友人や仕事関係ならいいけれど、夫や恋人なら絶対に困る。海外でさっとスマートに対応してくれる人でなければ。その点夫は、海外での仕事も多く、英語もうまかった。しかし親切心が薄く、

「そんなこと自分で言え。人に頼むな」

と文句を言われて海外旅行に出かけるたびに大喧嘩。離婚の危険はいつも外国で

起こったのである。

中年女が若い女に勝てる、たった一つだけの方法をお教えしましょう

二十年ぶりにお茶のお稽古を始めたことは、既にお話ししたと思う。

そして同時に、狂おしいほどの〝着物愛〟も始まったのである。

三十代から四十代にかけて、私はかなりの〝おべべ狂い〟をしていた。仲よくなった女社長Oさんと、それこそ日本中〝着物行脚〟したものである。京都の呉服屋さんでつくるのはもちろん、金沢での加賀友禅《かがゆうぜん》にもハマった。加賀友禅というのは、一人の作家と仲よくなり、自分の好みでいろいろ描いてもらうのが醍醐味《だいごみ》である。

私はMさんという女性作家が好きになり、この人の作品を買い求めた。

ある時、彼女が展示会用につくった、胡蝶蘭と梅、そして蛍ブクロの三点を見せてもらったことがある。どれにしようかと悩みに悩んで私は叫んだ。

「三点、全部くださいッ！」

山形では紅花染め、沖縄での宮古上布《みやこじょうふ》など、わざわざ着物を求めるために二人

で旅をした。そしてこれは女同士よくあることであるが、相手にどれだけお金を使わせるかがゲームのようになったことがある。

二人で人間国宝の展示会に行った時、

「あなたもね、着物好きっていうからには、この人の作品を持ってなきゃおかしいでしょ」

と言われ、今思うと卒倒しそうな金額のものを買った（もちろんローンで）。

あの頃はバブルのなごりもあり、本も売れていた。まさか、こんな出版不況になり、ビンボーになるとは思ってもみなかった…。

その間には子どもも出来、とにかく忙しい日々が続き、私は着物から遠ざかっていったのである。Oさんと一緒に習っていた日本舞踊もやめてしまい、彼女ともなんとなく疎遠になった。しかし私の手元には、かなりの数の着物と帯が残ったのである。

「いいもん、いずれ年とったら着るもん」

と何年も手を通さないでいた私。

そしてある日私は気づいたのである。

「もう、いずれが来てるんじゃないの⁉」

梅や桜の着物はその時にしか着られない。菊の模様のものもたくさん持っている。そうしたものは一年に一度しか着られないというのに、私はもう十年以上も、その時をやり過ごしていた。

そんな時、大事件が起こったのである。かのOさんが、私の隣りに引越してきて茶室付きの豪邸を建てたのである。土地を買ったことを内緒にしていたので、最初私はとても腹を立てていた。

しかしある人から、

「あの人は強気だから、ハヤシさんの隣りに越してきたいってなかなか言えなかったのよ。ハヤシさんとこれから仲よく老後を過ごしたいって、私には言ってたわよ」

と聞いて、すべて了解した。そして彼女のところでお茶を習うようになったのである。

彼女はお金持ちのうえに、お茶名《ちゃめい》を持つ茶人《ちゃじん》である。素晴らしいお道具をいっぱい持っている。着物の趣味ものすごくよくて、いつも目を見張るほどの素敵さだ。元CAだから容色もそんなに衰えていないかも。

この頃彼女は、家に呉服屋さんを呼んでくれる。友人を誘って夜出かけるのであるが、その楽しいこと、興奮すること！　二十年ぶりの〝おべべ狂い〟がまた始まったのである。

今、デパートでも専門店でも、置いてある売り物の数はどんどん少なくなっている。が、そこの呉服屋さんは、いつも百枚以上のものをワゴン車で運んできてくれるのだ。

「私は会社を経営しているあなたと違って、細々と生きてる売文業者なんだから」

と言いながら、ついどっちゃり買ってしまい、秘書に、

「ハヤシさん、この支払いどうするんですか」

と責められている。

が、着物をまとうのがこんなに楽しいとは思わなかった。この頃パーティーには出来る限り着物で行く。中年の女と若い女とだったら、どんなことがあっても若い人にはかなわない。しかし勝つ方法が一つだけある。それは着物姿でキメることである。髪もしっかり整え、その場にかなったいい着物と帯をまとう。着物が似合う中年女は、あたりをはらうほどのオーラが生じるはずだ。

もちろんいい着物でなくてはならない。安物であると、中年女性の場合かなりみすぼらしくなる。そういうことを言うと、

「あなたはお金があるから」

と非難されそうであるが、四十過ぎたらもう親を頼らず、自分の才覚でぱしっといい着物を揃えたい。ブランドバッグ二個我慢すれば買えるはずである。

二の腕のたぷたぷを隠すのは、おばさんの証拠。夏は、ノースリーブの服で大人の意地を見せるんだ

夏となった。

表参道を歩いていると、若い人たちがキラキラしている。本当に羨しい。夏は若い人のものである。昔からそう言い続けてきたけれども、最近その思いがますます強くなってきた。

夏のファストファッションは、十代、二十代のためにあるようなものである。五百円のTシャツに二千円のパンツ、そして安いパナマ帽をかぶっても、彼女たちにはよく似合う。本当に可愛い。ピチピチの肌に、夏のやや荒っぽい素材はぴったり。彼女たちの魅力を引き立てている。

が、一方上質のウールやシルクといった味方を持てない、大人の女性たちはかなり不利だ。よく夏になると、若い人たちが着るようなものを身にまとう女性がいるが、どこかシャビーになってしまうようである。

まず体型が違う。顔の小ささが違う。中年になると、どんなスタイルのいい人でも顔が自然と大きくなってしまう。私はパナマ帽に憧れ、国内のものはもちろん、ハワイで手に入れたりしたが、もともと顔の大きい私に似合うはずはない。

「なんかおじさんみたい」

と皆に言われて、かぶるのをやめてしまった。

そうかといって、UV効果があるつばの広いものは、たちまちおばさんの夏のファッションとなってしまう。あれもこれもしっくりこず、犬の散歩の時はサンバイザーにしてしまった。

全く夏は小物さえむずかしい。

先日、ソウルに遊びに行ったら、流行のレースものが信じられないような値段であった。さっそく何枚か買って麻のものなどそれなりに重宝しているのであるが、あれと思ったのはコットンレース。安いものはよく手にとってみると、やはりそれなりのものなのである。大人の女性が外に着ていくのはちょっと…と思っていたら、ファッション誌を手がける友人が、とても素敵に着こなしていた。これも今年流行っているデニムのジャケットのインナーに組み合わせていたのである。

私もあれこれ工夫した結果、次の結論に到達した。

ファストファッションは、インナーと決め、上に着るジャケットやカーディガンは、上質なものとする。大人がさらっと羽織る、シルクと綿混のカーディガンの洗練は、ちょっと若い人には真似出来ないものではなかろうか。

アクセが安物ばっかりだと、全体がビンボーたらしくなってしまう。面白い形のバングルやチェーンの中に、ちょっとダイヤや水晶、ものすごくいいクリスタルを組み合わせるのは大人のたしなみ。

ファストファッションは、ワンシーズンだけと固くルールを守る。秋になったらすべてのものを「ありがとう。楽しかった」と、いさぎよく捨てる。

Tシャツを一枚だけで着る時は、うんとお金をかける。私は香港でシャネルのTシャツを買った時、あまりの高さにのけぞった。しかし前述のおしゃれな友人の、

「こういうのは、絶対に必要だから」

というアドバイスに従ったところ、ヘビーローテーションの一枚となった。どういうカッティングになっているのかわからないが、それだけで完全なフォルムになっているのである。気になる背中のぜい肉も外に響かない。それだけでおしゃれ着になるすぐれものであった…。

などということは「STORY」の専門のスタイリストさんがいくらでも教えて

くれるのであろう。私が、

「お子ちゃまには絶対に真似出来ない大人のおしゃれ」

と考えるのは、やはり着物である。紗《しゃ》や絽《ろ》といった透ける着物を、びしっと着た大人の女性の美しさというのは、相当すごいものがある。若い子の浴衣姿など、とても近づけないレベルだと私は思うのだ。上質の浴衣くらいの値段の紗や絽はいっぱいあるのでぜひトライしてほしい。

そう、そう、私は長いこと、夏もノースリーブにならないことを心がけていた。いやなれなかった、というのが正しい。運動してもダンベルしても、二の腕のたぷたぷは取れなかったからだ。が、中年の女優さんのイブニングドレスを見てつくづく思った。二の腕を隠すために、ストールを羽織るってなんておばさんっぽいんだろう。私は四十過ぎたら、肌はあまり露出しない方がいいと思うが腕だけは別。ノースリーブの服はそのようにデザインされている。ここはうんとうんと頑張って着こなす。大人が意地を見せるところ。私も日々頑張っている。今年の夏は間に合うかどうか、厳しいが。

「衣装持ち」と見られるより、好きな服を着倒すほうが素敵！
でも、それは〝無駄買い〟の楽しみがあっての話……

エアコン工事のため、秘境と呼ばれていた私のクローゼットに工事の人が入ることになった。そのために何年かぶりに整理を始め、十四袋のモノを捨てた。あとダンボール二箱を山梨の親戚へと送った。

これをきっかけに、私は大いに反省をしたのである。

「これだけ着るものを持っていて、どうして私はおしゃれになれないんだろうか」

そう考えた私は、書店に行き何冊かの本を買ってきた。そう、今、売れている『フランス人は10着しか服を持たない』とか、おしゃれな人ほど服を持っていない、服は買ったらすぐ捨てろ、という類の本である。

先月号の「ＳＴＯＲＹ」のスタイリスト、竹村《たけむら》はま子《こ》さんの特集も目を皿のようにして見た。

驚いた。クローゼットにかかっている竹村さんの洋服は私の十分の一、いや二十分の一ぐらいではないか。それなのにどのコーディネイトもカッコいい。素敵。プロといってしまえばそれまでであるが、センスと智恵のあるなしで、こんなにも違うもんなんだ！

そうそう、私が読んだ『服を買うなら、捨てなさい』という本も目からウロコであった。毎日違う服を着なければいけない、という呪縛から解き放たれなさい、というのである。

われながら「きまった」というコーディネイトはそうめったにあるもんではない。だったらそれを週に二回、いや、三回着てもいい、というのである。

「ちょっと違うかな」と思いつつ、その服を着ていくならば、昨日と同じ格好の方がずっといい。自分がいちばん素敵、と思うものをいっぱい着て、着倒していくというのである。

著者の地曳《じびき》いく子《こ》さんはさらに言う。いつ着るかわからないドレスをとっておく必要はない。パーティーに行く前日に「ZARA《ザラ》」に飛び込んで、旬のものを買えばいいのだと。

なるほどと、次の日、銀座に行ったついでに七丁目の「ZARA」に行ってみた。

ここは中国人の団体のおばちゃんたちがどっと入っているので、私のような日本のおばちゃんも心おきなく商品を見て試着出来る。私は今（二〇一五）年のマストアイテム、ガウチョパンツを見てみた。

今まで何となく「ZARA」や「H&M」には近づかなかったのであるが、プロの人たちがこれだけ誉めるのだから、きっとコストパフォーマンスがすごくいいのであろう。カジュアルなものは確かによさげなものがいっぱいあったけれど、フォーマルなものはちょっと…。こういうものは布の分量が多い分、素材のよしあしが出てくる。プロの人なら小物できめて着こなしてしまうのであろうが、私はちょっと自信がない。

実を言うと、私には迷っていることがあったのだ。友人から今年の夏、バイロイトへと誘われていた。言うまでもなくワーグナーオペラの聖地である。その前にザルツブルク音楽祭にも行くという計画だ。バイロイトへは二年前に行ったけれど、男性はタキシード、女性はイブニングという正装である。これはきっちり守られている。四日間通えば、四枚のドレスがいる。

前に行った時は、ダナ・キャランの黒のロングスカートに、上をラメのツインや、あるいはシルクのキャミソールで変化をつけて何とか乗り切ったが、今回は何も思い浮かばない。私は、

「着ていくドレスがない」

というシンデレラのような理由で断ったが、友人は、

「夏までに痩せて（！）安いドレスを買えばいいじゃん」

となおも勧める。そんなわけで「ZARA」を見に来たというわけであるが、フォーマルはあまり気がすすまないかも。

しかし何冊も本を読んだせいで、私はとても賢くなったような気がする。それにこの整理された（私にしては）クローゼットを見よ。ジャケットやスカートが、一応把握出来るようになったのである。そして、四年前のジャケットを手にして考える。

「今日これを本当に着るべきか」

肩のラインがあきらかに今と違う。これを今日着ていって、落ち着かない思いをしてまで「衣装持ち」と見られたいか。答えはノー。だったら昨日着ていった、今年のスーツでいいじゃんと思うようになったのである。

服をたくさん持っていても、いいことはない。特に夏はクリーニング代がすごいことになる。いいものをいっぱい着てモトを取る…。

そう思う反面、私は年に一度、親しい友人と行く香港ショッピングをやめられそ

うもない。ふだんうんとおリコウにしていれば、たまにはおバカしてもいいですよね。おバカして無駄なものにワッと飛びつく。それもファッションの醍醐味ですよね?

断捨離の成果！　目覚めスッキリ、お肌すべすべ、オシャレと誉められる〝いい感じの夏〟

暑い！　暑い！　暑い！

毎日信じられないような暑さである。

が、私はこの暑さを歓迎しなくてはならない。なぜなら今年は梅雨が長びいて、私の故郷山梨の桃の出来がいまひとつと、地元の友人から聞いていたからだ。

「ちっとも甘くない。困ったもんだ」

と嘆いていたが、ここにきての強い陽ざしに、ぐんぐん赤く甘くなったようである。

といっても、東京で暮らす者にとっては、本当にきつい太陽。私は洗たくものを干す時は、首にスカーフ、サングラス、帽子という重装備である。まず八割方室内でハンガーにかけたり、洗たくバサミを使い、そして最後に庭にひっぱり出す。スーパーに行く時は、陽が落ちてからと決めている。

またこれは自由業だから許されることであるが、どうしても真昼に出かけなくてはならない時は、無線でタクシーをうちにつけてもらう。夏は稼ぎの何割かをタクシー代に遣ってもいいと考えている私である。

が、同じような人は多いらしく、車がなかなかつかまらない時が多い。そういう時は、とにかく駅まで日傘をさしていき、地下鉄に乗る。そして頭の中で地下道をあれこれ考え、目的地まで出来るだけ地表に出ないようにするのだ。

夏はとにかく紫外線を浴びないように、そのことばかり考えている。なぜなら夏は、私の肌はしっとりモチモチ、とてもいい感じになるからだ。

子どもの学校がある時、お弁当つくりのために朝の六時に起きる。前の日、どんなに遅くてもこの時間には起きなくてはならない。午前中はしばらく、睡眠不足でぼーっとしている。たまにエステに行くと、

「ものすごく疲れてますね」

と言われる。

が、夏休みはどうだ。子どもと一緒に八時まで眠れる。目覚めスッキリ、お肌すべすべ、この原稿も朝食の後、書いている。

いかに日頃、睡眠時間を削って頑張っているかつくづく思う。多くの読者がそう

だろう。が、小さいお子さんが下にいる方は、まだラクチンは出来ないのかもしれない。

ラクチンといえば、夏は着るものがワンパターンと思うのは私だけであろうか。先日、女性雑誌を見ていてびっくりした。「街のファッションスナップ」のグラビアページなのであるが、ほとんどの人が、紺のボーダーに紺のスカートをはいていたのである。そして靴はスニーカー。帽子はストローのカンカン帽。まるで制服のようであった。

かくいう私も、夏はTシャツに通販で買った黒パンツという格好。この黒パンツがすぐれもので、形も悪くないうえに、ネットで洗えば一時間くらいで乾いてしまう。毎日毎日このパターンであるが、外に出かける時は、それなりに頑張る。

先月お話ししたと思うが、何年ぶりかにクローゼットを整理した私は、あらためて自分がものすごい〝衣装持ち〟だったことを発見したのである。古いものは大量に処分し、まだまだイケそうなものは、大切に一枚一枚ハンガーにかけた。

その結果、どうなったか…。そう、多くの人から、

「この頃、すごくおしゃれになった」

と誉められるようになったのである。今まではあまりの散らかりように、奥まで

入れず、〝チョモランマ〟と呼んでいた私のクローゼット。そのシーズン買ったものを、入り口の手の届くところにひっかけていたので、いつも同じものしかない。その結果、

「いくら買っても買っても、着ていくものがない」

と負のスパイラルに陥っていた。

が、今の私はウオーキングクローゼットの奥に入り、よおく吟味することが出来るようになった。そお、コーディネイトという頭を使うお仕事も。

昨日は最近〝発見〟したジル・サンダーの黒のミニワンピ（二年前のもの）に、セリーヌのピンクの麻混のカーディガンを羽織り、プラダのサンダルを履いていったところ、これが大絶賛を浴びた。特にサンダルがすっごく素敵というのだ。紺とグリーン、黒の細いストラップが甲を飾るものであるが、これが私のネイビーのペディキュアとぴったりと言うのである。実はこのサンダルも、靴箱を片づけて〝発見〟したものだ。お宝探しをしながら、皆に誉められる。今年の夏はいい感じ。

川島《かわしま》なお美《み》さん。彼女なら、別れの日の友人たちのおしゃれをきっと喜んだに違いない

今から二十五年前、花嫁姿の私は親戚の若い女の子を叱った。それは彼女が、真白いスーツを着ていたからだ。

「私だからいいようなものの、こういうことを知っていないと恥をかくからね。白は花嫁さんだけの色だから絶対に着ちゃダメだよ」

大学を出たばかりの彼女は、

「そんなこと知ってたけどさー、身内だからいいと思ってた」

と頬をふくらませた。

後で皆で撮った写真を見てみると、彼女が傍に立つと、年増の花嫁はかすんでしまう。白が二人並ぶと、たとえスーツでも綺麗な方が目立つ。なるほどマナーというのはこういうことなのかと、妙に納得したものだ。

この頃よく街で、披露宴帰りの若い人たちを見る。女の子は〝総キャバクラ嬢〟

化しているかのようだ。ルーズアップの髪もさることながら、肌の露出がすごい。見せることとフォーマルとを勘違いしているかのようである。

そうはいっても、この私も若い頃はそりゃあ、いろいろ失敗したもんだとあれこれ思い出す。この頃は着物で誤魔化すけれども、ドレスとなると未だにあれこれ迷う。悪目立ちせず、それでいて人の目をひくものとなると、かなりむずかしい。

値段があまりにも高いのが難点であるが、シャネルのラメ入りツイードは、昼の披露宴ならどこへ着ていっても失敗がないかも。私は十五年前に買ったものを今も愛用している。気になるのが、披露宴でもパーティーでも大きなバーキンをこれ見よがしに持っている人。高価なものだからいい、と言うわけではない。小柄な人が肘にかけてあれを持っていると、バッグの品評会になってしまう。もし持つとしたら、小ぶりのケリーでしょ。

まぁ、〝ハレの日〟は、ちょっと難があっても、白い服以外はそれほど咎《とが》められることはないはずである。

むずかしいのはお葬式の時だ。私はこれについては何年来ずっと悩んでいるのである。

誰でも感じることであるが、女性は喪服を着るといっきにフケる。親戚の葬式の時、昔買った喪服を着たとたん、我ながら本当にダサいおばさんになった。いつもなら、洋服にはそれなりにあれこれ気をくばり、スカート丈も流行をチェックしている、その私がいつ買ったかわからないブラックを着ると、本性が出るといおうか。ふだん若づくりしていることや、所詮田舎の出身ということがあらわになるのである。

日頃私の外見にいっさい気をはらわない夫でさえ、びっくりして、

「君ってトシだったたんだね…」

と言ったぐらいである。

ブラックフォーマルは、めったに着ることがない。クローゼットの中でどんどん年をとっていく。

よくものの本に、

「初月給でブラックフォーマルをまず買いましょう」

とあるが、二十二、三の人が、それほどお通夜やお葬式に行くわけではないだろう。

私は有名デザイナーのブラックフォーマルを、デパートなどで何度も買っているが、その都度違和感がわくのである。私がいつも着ているものではないという居心

地の悪さ、まずスカート丈がものすごく長い。畳の上でのお葬式なら、あの長さは必要であろう。お寺で正座をしたり、膝立ちで畳の上を進んだりするからだ。が、都会の、椅子に座るお通夜やお葬式で、あの長さにしなくてはならないんだろうか。

私は大きなお通夜やお葬式で、素敵に見える人をつぶさに観察した結果、ひとつのことがわかった。それは自分の好きなブランドの黒いスーツやワンピースを着ていることだ。

「葬式に来てまでおしゃれをするな」

と言われそうであるが、大勢の人が集まる中で、わざわざおばさんっぽく見える格好をすることもない。最近私はジル・サンダーの、オーソドックスな黒いスーツを着ていくようにしている。

つい先日、週刊誌のグラビアを見ていたら、

「あまりにも個性的過ぎる参列者」

ということで、大きなご葬儀に集った女性芸能人をチェックしていた。それを服飾評論家の人があれこれ言う。たいていがマナー違反らしい。しかし二重のパール（不幸が重なるということでタブー）のネックレスをしていたタレントさんは論外として、チュール帽に黒のロングスーツのアーティストも、大きな帽子にクリスチ

ヤン・ルブタンの靴のタレントさんも、みんなよく似合っていて素敵だった。

送られる人はあの川島なお美さんだ。彼女なら、友人たちの思い思いのおしゃれをきっと喜んでいたに違いない。

美しく仕上げられた女のネイルは、男たちへの〝極小の反逆〟だ

わりとあっさりとした服装や化粧をしている人が、ものすごく凝ったネイルをしていると〝おおっ〟と思ってしまう。女であることの気構えがそこに凝縮しているようだ。

まわりの女性たちを見ていると、働いている女性よりも専業主婦の方が、ネイルに力を入れている。ふつうの奥さんがどうして？　と驚くほどのアートネイルだ。

ママ友のひとりは語る。

「むしゃくしゃしている時なんか、ネイルサロンに行くとすーっとするの。もう一回、気を取り直して頑張ろうっていう気になるの」

そういう彼女の爪は、ラメでつくった美しい花が咲いている。

私はといえば、長いことカルジェルをしていたせいで、爪がかなり傷んでしまった。もともと薄いとても弱い爪なのだ。しかも横に広い情けない形である。ネイル

に気が入らないのは当然であろう。今は自分でトップコートだけをさっと塗っている。そしてペディキュアをする季節だけは、駅前のネイルサロンへ行く。ここは五十代くらいのネイリストがいて、

「そろそろハヤシさんが来てくれる頃だなって待ってましたよ」

と歓迎してくれるのだ。

「毎年カタツムリが出る頃になると、今年もハヤシさんが来てくれるなあって思いますよ」

カタツムリか…。夫にこの話をしたら、

「ナメクジって言われないだけいいじゃないか」

と笑うではないか。

実はこんな不精ったれの私であるが、過去に何度か足繁く通っていたことがある。どんなに忙しくても、十日に一度はサロンに行く時間をつくっていた。

誰でも経験があると思うが、ネイルというのは真面目にやればやるほど、ちょっとしたダメージが許せないものだ。出先でこれから人に会うというのに、爪がちょっと剝《は》がれてしまった。急いでファッション誌の編集者に連絡し、

「銀座で今すぐやってくれるところないかしら」

と尋ねたものだ。そのくらい気合いが入っていた。

ところでこれまた女性ならわかってくれると思うが、ヘアにしてもネイルにしても、いきつけでないサロンに行くというのは、かなり勇気がいるものだ。特にネイルサロンはあたりはずれがある。ヘタをするとヤンキー専門のようなところに入ってしまう。そういうところは、私のことなど全く知らないからいいのだが、タメ口で話しかけられるのには閉口だ。最初は面白がって聞いているのであるが、そのうちに疲れてしまう。それにそういうところほど、常連客とはキャキャッと楽しそうにやっていてうるさくて仕方ない。

やはりネイリストには、少々年がいったきちんとした女性を選びたいものだ。そういう人にネイルをしてもらい、マッサージをしてもらうというのは至福の時だ。

言いふるされてはいるが、

「女子力がぐんぐん上がるのがわかる」

どうでもいいことに、これだけのお金と時間を遣う自分に心が充たされるのだ。

しかし、

「女性のネイルが苦手」

という男性は結構多いものである。私の友人の中にも、

「長ーく伸びた爪を見ていると、ひっかかれそうでこわい」

とはっきり言う男性は何人もいる。そして、

「他にやるべきことがあるのに、こんなことまでしていていいのか」

と思うんだそうだ。そういえば一時期、私はネイルアートに凝っていて、ものすごくうまいサロンに通っていた。そこは器用にささっとペイントしてくれるのである。三月にはおひなさまを、五月には鯉のぼりを、ハロウィンの時にはカボチャを描いてくれた。

「ねえ、見て、見て」

とみなに見せると、女性はみんな誉めてくれたが、男性は「よくわからん」と首を振った。そうはいっても、きちんと手入れされた手と爪に心ひかれない男性はいないに違いない。

男の人はたいていピンク色のネイルが好きだ。心そそられるという。しかし女たちはカーキや濃いこげ茶といったものを平気で塗る。ラメをてんこ盛りにしたりもする。ネイルというのは、自己主張はもちろんであるが、極小の男の人への反逆という面も持つ。この面積を女性たちは決して譲らない。

冬、コート姿で男を値踏みするように、女の値打ちもまた、コートに出るもの

誰もがそうだと思うが、あきらかに手を抜いた格好をしていった日のことは、後々まで悔いるものである。

私などねちねちとそのことばかり考えている。

「あそこにいた人たちは、私のことをいったいどう考えただろう。エラそうにファッション誌に書いたりしているけれど、まるっきりズレてるじゃん、と思ったに違いない……」

ここまで悩み、自分を責めるのならちゃんとしたコーディネイトをすればいいのに。

今年の秋はどこかおかしかった。十月になっても三十度を超える暑さの日、二つのスケジュールがあった。ひとつは打ち合わせ、もうひとつは会食である。私はベージュのジャケットを着ていくつもりだったのであるが、ついこのあいだシミを発

見。クリーニングに出している。

ぱっとクローゼットを開けたら、紺ジャケと白いスカートが目にとび込んできた。この夏、私がいちばん好きだった組み合わせである。

「今日は暑いし、いいじゃん、いいじゃん」

とそれを着ていき、しまったと思った。

出会った人すべてが、秋を意識した配色や素材なのである。

本当に恥ずかしかった。

今までちゃんと季節を先取りしたものを着ていったつもりだったのに、その日の暑さにつられて全くはずしてしまったのだ。

「うっ、うっ、つらい」

きっとおしゃれな人というのは、こういうミスを犯さないに違いない。

「おしゃれの季節がやってきた」というのは、言いふるされた言葉であるが、秋がやってくると女はやはり衿《えり》を正すところがある。

夏の間は、ファストファッションのTシャツとパンツで充分用が足りた。しかし秋はそうはいかない。私などもふだんは意識しない「今年のトレンド」なるものを、ファッション雑誌やネットでチェックするようになる。

「ふうーん、今年はプリーツかァ」

と知っても、細いアコーディオンは太って見えるからパスと考えるワケだ。

とにかく秋冬ものは価格が高い。それゆえに慎重に選ぶ。コートはかなり張り込むかも。なぜならコートは、他人に預けることが最も多いアイテムだからである。

アメリカやヨーロッパへ行くと、ちょっといいレストランなら、必ずクロークがある。脱いだコートを預かってくれるのであるが、あちらの友人が言うには、

「いいコートや毛皮を預けたらチップをはずまなきゃ」

丁寧に扱ってくれるからだそうだ。

日本でも黒服の男性が、コートの脱ぎ着を手伝ってくれるが、あれがスマートに出来るのは大人の貫禄であろう。あまり恐縮するのもナンである。

「すみません、あ、どうも、どうも」

とつい言ってしまいがちであるが、このあたりは「優雅な無視」といってもいいのではなかろうか。毅然《きぜん》として前を見て、後ろの男性などいないようにふるまう。あれがとてもむずかしい。まあ、女優さんになったようにふるまうことだ。そのためにも、いいコートを羽織らなくては。洋服は多少ケチっても、コートは恥ずかしくないラベルのものをと私は思っている。四年前、エルメスのラップコートを衝動

買いしてしまったけれども、やはりあれは違う。脱がせてもらう時に「どうだ」という気持ちになるのである。

私の友人が彼と一緒にドライブに出かけた。そこでいろんな話し合いがあり、まあ別れることになったという。その時彼女は逆上して車から降りたので、うっかりとコートを座席に忘れてしまった。その後彼が宅配便で送ってくれたそうだ。彼女は、わりとくたびれたコートを着ていた。しかもお安いブランドの。きっちり畳まれて戻ってきたコートを見て、

「下着を送ってもらうより恥ずかしかった」

と彼女は言う。

「おそらく私への未練も全くなくなってたと思う」

どうしてあの日、あんな安っぽいコートを着ていったのかと、口惜《くちお》しんでも口惜しみきれないそうだ。もしうんと上質なカシミアであったら、彼は別の感情をもって畳んでくれたに違いないと彼女は今も考えている。

ところで私はコートが大好きであるが、男の人のコート姿はもっと好き。トレンチはもちろん、ごくふつうのウールコートも、着る人が着ると男ぶりがぐっと上がる。しかしセレブの男の人というのは、コートを持たない。運転手付きの車で移動

するからである。そんなにおじいさんでなくても、コートを着ない男の人がいる。私はとてももったいないことをしていると思う。冬の間、女性と一緒に歩く楽しみを拒否してるみたいだ。

「普段着と下着には、気とお金を遣おう!」
あの時の気持ちを忘れてない?

家の中で何を着るか。

これはとても重要な問題である。ドラマやCMでも、家の中にいる奥さんはとても素敵な格好をしている。何気ないカジュアルなものであるが、コーディネイトもちゃんとして、プチペンダントを胸元にのぞかせている。私もこんな風になりたい。でも出来ない。

基本的に居職であるが、対談や打ち合わせなどで外に出ることが多い私。よって〝よそゆき〟と家の中のものとはかなり区別している。家に帰ってくるとまずアクセサリーをはずし、洋服をすぐ脱いでハンガーにかける。そして朝脱ぎ捨てたものをまた着る。冬などは同じニットは一週間ぐらい着ているかも。このニットは「二軍落ち」してきたブランド品だ。買った時はかなりの値段がしたので、とても大切に着ていた。たとえばこの原稿を書いている今、着ているのは白いアランセーターだ。これはカシミアで編まれたとても贅沢なもの。

「エイヤ！」

という気持ちで買ったものだ。私はこういうアイテムが大好き。カジュアルなものを、あえてうんと高価な素材でつくっている。しかし白いセーターは寿命が短かい。四年着たらさすがに色がくすんできたし、腕まわりの汚れが落ちなくなってきた。外に行く時にだけ着ていたものを、ついに本当に部屋着にする時が来た。この時はかなり決断がいる。

「もうちょっとぐらいいいかも」

とずるずる外に着ていくこともある。が、ある日覚悟を決め、ソファに寝っころがったり犬の散歩に行く時に着るようにした。そうなっていくとうんと高かったハイブランドのニットも、やっぱり家の中でだけ通用する「おうち服」になっていくのである。その転落はあっという間。可哀想だ。

それだったら最初からファストファッションを普段着にすればいいではないかという意見もあろう。しかしそれをすると、心がすさんでいくような気がするのだ。

ファストファッションは、大人の女性が面白がって外出着の一部に取り入れるのが、いちばんおしゃれなやり方ではないかと私は思う。たとえば上質なジャケットの下に着るカットソー、革のジャンパーに合わせるパンツなんかそう。

しかし普段着をすべてファストファッションにするというのはちょっと哀しい。この気持ち、わかっていただけるだろうか。昨年の夏、ユニクロのボーダーを着ている女性をご近所のスーパーでいっぱい見た。まるで制服のようであった。安いからといって、ファストファッションをおうち着にしたくない。それならばいっそ外に着ていって、ブランド品の〝二軍〟をうちで着る。

まああれこれ考えた結果、うちで着るものは、中ぐらいのブランドのバーゲン品にしようとした時もあった。これならばそう気を遣わずにうちの中で着られるし、肌触わりもいいではないか。

そう思って大量に買い求めたものであるが、やっぱりあまり着ないのは不思議である。気持ちが中途半端なせいであろうか。

ブランド品をうちの中で着て、着て、うんと着て、よれよれになった時にゴミの日に出す。この時ものすごい充実感を持つ私である。

が、こうして自分をあらためて見ると、うちの中ではいつも同じサエない格好をしている。あれこれ考えているわりにはまるでイケてない。

夫にも申しわけない。彼がいつも目にするのは、くたびれた格好をしたオバさんだ。

ところでユニクロがさかんにCMしているワイヤレスブラ。さっそく使ってみたらとてもつけ心地がいい。年をとるとワイヤーがきつくてヤな感じである。いつもならデパートで輸入品を買っていたが、この頃はユニクロにしてしまう。

そしてそのブラをして、青山に行くと自然とうなだれてしまう私だ。大好きなラペルラの路面店が出来たのはつい最近のこと。「下着の宝石」と呼ばれる、繊細なここのブラやショーツを、海外に出かけるたびに買っていたっけ。

「女は下着に凝ってこそ本当のおしゃれよ」

などとエバっていた私が、いつのまにか通販やファストファッションばっかり、肉もついてきてとても着られない。

普段着と下着に気とお金を遣う。そんな女性になろうとしていた。あの時にはもう戻れないと思うと悲しい。

通販で買った服を着る時ほど、四十代の経験が物を言うのだ

三年ぐらい前から通販ファッションに凝り始めた。

最初は夏のふだん着である。犬の散歩やスーパーに行く時、私はそれまで「二軍落ち」の服を着ていた。海外ブランドのかなり高価なカットソーやスカートであるが、さすが年月には勝てず生地がよれよれしてきた。あるいは、大きく流行からはずれた形になった。そういうものをある日「エイヤッ」とばかり日常着にする。クリーニングにも出さず家でじゃぶじゃぶ洗う。洋服の有効利用だと長いこと思っていた。

しかし田舎に帰った時、あることに気づいたのだ。私はかなり大量の洋服を、イトコたちや弟の嫁に送っているのであるが、彼女たちはそれを大切に外出着としているのである。みんなで集まる時など、

「あぁ、そのジャケットは…」

「そのワンピ着てくれてるんだ」

とちょっと感動してしまう。

そうすると、あまり古くならない前、よい状態のうちに、こちらも少し惜しいかな、と思うものをダンボールに詰めるようになった。と、当然、毎日着るものがなくなってしまうのだ。というわけで、通販の登場である。

安いうえにすぐ届く。ちょっと大人のサイトだと、サイズが揃っているのも嬉しい。何よりも流行の形が揃っていてなかなかおしゃれである。今（二〇一七）年本当に嬉しかったのは、ガウチョパンツがいっぱい買えたことだ。恥ずかしながら上がゴムになっているものは、探そうとしてもそんなにあるものではない。

最近の犬の散歩スタイルは、黒の七分パンツにしまむらで買ったTシャツ、昨年通販で求めたUVカットのパーカとサンダルである。歩きながら窓に映る自分のシルエットを見るとそう悪くない。フォルムとしては、そこそこ流行をおさえている。

私は次第にこんなことを考えるようになっていった。

「こんだけちゃんとトレンドにかなっているんなら、外に着ていってもいいんじゃないの？」

そしてストライプのガウチョワイドをデビューさせることにしたのである。ちなみに値段は三千二百円。それにブランドもののジャケットを組み合わせる。ジャケットの値段は四十倍ぐらいか…。しかしなぁ、やはり落ち着かなかった。紺のパンツと、ピンクのジャケットは色が合っているようであるが、素材がケンカしているのがわかる。ジャケットの方で、

「このヒトと組みたくない」

と叫んでいるような気がした。

通販のワルグチを言っているわけではない。やはりお洋服にハレとケがあるのではなかろうか。適材適所といってもいい。

今回ワイドショーを見ていたら、「バブルファッション再評価」という特集をやっていた。

当時の化粧やお洋服を、こぞって若い人たちが取り入れているというのだ。

バブルについては、いずれ書く時もあるであろうが、「ＳＴＯＲＹ」の読者は、青春期とバブルが重なった人も多いに違いない。これには微妙な部分もあり、若い友人の中には、

「高校生だったので間に合わなかった」

という人もいるが、まぁ私のまわりはたいていバブル体験を持つ。ＣＡやテレビ

局、広告代理店、出版社という派手な職場の人たちは特にすごい。

「毎日がお祭り騒ぎ。よくあんなことが許されたと思う」

と昔話に花が咲く。みんなが競って海外旅行に行き、あちらのブランドを買いまくった。ふつうのOLでも、ちょっと頑張れば高価なものを身につけられた。あるいはボーイフレンドが買ってくれたっけ。そう、何を言いたいかというと、私たちの多くは、エルメスのシルクの手触りや、シャネルのニットの着心地を体験しているのである。

そういう世代が通販を選ぶ時に、いったいどういうことを考えるのであろうか。私にはとても興味があるところだ。おそらく三十代のようには、きっぱりと割り切ってはいないと思う。

「私はちゃんとしたものを知っている」

という矜持が納得して安価なものも選ばせているのではないかと思う。

いずれにしても、出るべきところへ出ると素材というのはよくわかる。本当によくわかる。私は年をとったら、首まわりのアイテムにはうんとお金をかけようと言い続けてきた。インナーのよしあしで肌のうつりがまるで違う。まぁ、バブル世代ならそんなことは百も承知だと思うが。

鏡に映った顔だけに気をとられ、表情や姿勢のことを人は案外忘れている

私はめったにテレビに出ない。

今(二〇一七)年もBSを含めて四回ぐらいだと思う。しかし人によっては、

「テレビ見てますよ」

と言われる。それだけならまだしも、

「いつもテレビを見てます」

と声をかけられる。誉め言葉だと思っているのではなかろうか。

私は内心むっとする。

「テレビに出まくってる〝自称作家〟と一緒にしないで欲しいワ」

だからテレビには出たくないのであるが、それでも浮世の義理というやつがある。

本やイベントのパブリシティでどうしてもと、編集者から頼まれる。もちろん、ファンの俳優さんやタレントさんと会いたいし…という理由で出ることも。

本職でもないので、自分が出演したテレビ番組はほとんど見ない。恥ずかしいのと自信がないからである。

が、先日は出演したあるトーク番組をじっくりとチェックした。愕然とした。こんなにデブとは思ってもみなかった。テキトーに着たスーツのアームホールのあたりがパンパンに皺が寄ってる。いずれネットでいろいろ言われるんだろうなァ…。

しかし、しかしである。デブはデブでも、テレビの私にはかなりの改善がみられるのである。それはどういうことかというと、表情がぐっとよくなっているのだ。いや、マシになっている。

以前から私はいろんな人に、

「あなたって、いつも怒っているみたい」

と言われていた。口角が年とともにぐんぐん下がってきたのだ。だからテレビに出ていても、いつもむっとしたような顔をしている。ワイプといって、テレビ画面の片隅に出演者の小さな顔が出る。ビデオを流している最中の表情を映しているのだ。私はあれを映されるのが大嫌い。本当にぶすーっとしているからだ。気を抜いているから、つくり笑いも出来ない。このつくり笑いが、私の場合、本当にわざとらしいのである。無理に唇の端をきゅっと上げているからとても不自然だ。

そんなある日、人気アナウンサーの方に会う機会があった。その方に口角のことを相談したところ、目の前で口元のストレッチをやってくださった。ぷーっと頬をふくらませて唇をすぼめる。そして左右に、キュッキュッと唇を動かすのだ。

これを二ケ月間毎日やった。テレビを見ている時も、タクシーに乗っている時も。そうしたら、口角が少し上がっているのである。テレビの画面でははっきりとわかる。前に比べてずっと感じよくなっているのだ。

そうだよなー、人というのは感情があってこその人なんだ、ということがはっきりとわかった。

アナウンサーの人が綺麗で魅力的なのは、もともと美人だからだけではない。いつも明るく感じよく喋べる訓練をしているからだ。モデルが素敵なのは、はつらつと歩くことを知っているから。

鏡に映った顔だけを、人は過大評価しがちである。

「まだまだ若い」

「肌だってキレイだし」

しかし表情や姿勢のことを忘れている。

ふつうの人はテレビに出ることはむずかしいが、動画でいくらでも見ることが出来るはず。スマホで見るのではなく、パソコンの画面かテレビ画面で見た方がいい。たぶんショックを受けるはずだ。こんな風に喋べっていたのか。こんな風に歩いていたのかと。みんなでがやがややっている光景ではなく、一人で喋べり、一人で歩くさまをじっと観察してみるといい。そこで多くのことを学ぶはずである。

このあいだ青山を歩いていたら、新しくオープンしたお店があった。そこに飾られているお花の数が尋常ではない。ずらーっと二列に並んでいる。しかもその贈り主が有名芸能人ばかりなのだ。

ヘアサロンだと思っていたが、後で雑誌で判明した。そこは〝魅力学〟のクリニックというべきところだという。まず鏡の前に座り、左右、前後からカメラをまわすんだと。そして表情、話し方、ちょっとした動きを細かくチェック。トータルでその人のいちばん美しい喋べり方やしぐさを見つけ出すんだそうだ。

私も行こう、と本気で思った。しかし「ガマの油」となるのは必至である。

私はそれに耐えられそうもない。お金も高そう。

せめてウインドウに映る自分の姿をチェックし、テレビは必ず見ることにしよう。女の道は、本当に果てしなく長いですね〜。化粧やダイエットでは済まない、たくさんのことがある。

四十代を過ぎると、「時計期」と「ジュエリー期」の遺産で幸せに生きていける

秋の日、ふと自分の両手を見て思った。

長い人生、女には「時計期」と「ジュエリー期」があるのではないか。

私の場合「時計期」は三十代にやってきた。なぜかわからないが、当時ロレックスが大流行したのである。私もどうしても欲しくなりデパートをまわったりしたのであるが、バブルの頃でありどこも売り切れであった。

たまたま雑誌の取材でカナダへ行くことがあり、専門店をのぞいたところいっぱい飾ってあった。一緒に行った女性編集者も買うことになり、二人〝おソロ〟になった。しかも運のいいことに、彼女は手首がとても細かった。よって手首が太い私のために、パーツを三つ分けてくれたのである。

このロレックスを皮切りに、海外に行くたびカルティエを購入した。フランク・ミュラーも買った。最後にパリで、まだ日本では販売されていない細いきゃしゃな

タイプのものを買って、私の時計遍歴は終わった。そのあとは「ジュエリー期」がやってきたからである。

といっても、そうたいしたものを買ったわけではない。パールと小さなダイヤを幾つかだ。あの頃はデパートの外商の人が、よくいろんなものを持ってきたし、仲のいい宝石商の人もいた。

有名な宝石店から、定期的に顧客相手の講演会を頼まれていたので、そのたびにギャラにいくらか足して好みのものを買うようにした。ダイヤ入りのクロスや、ブローチなどである。

が、五十代でその「ジュエリー期」もぴたりと終わってしまった。だらしない私は、時計のほとんどを失くしている。どこかに置き忘れているのもあるし、電池切れでそのままほうっておいているものもある。

さすがにジュエリー類はちゃんと保管しているが、いつも身につけているものは決まってしまう。だから素敵な時計やジュエリーを身につけている人を見ると、羨しくて仕方ない。

仲のいいファッション関係の友人は、ダイヤ入りのロレックスをいつもしている。それだけだとマダムっぽいのであるが、彼女はたくさんの細いブレスレットをじゃらじゃらさせてわざとはずしている。とてもカッコいい。

そのダイヤ入りのロレックスは、とても高価なもので、彼女に言わせると、

「何年か前、清水《きよみず》の舞台から飛び降りるつもりで買ったの」

今、私にはそんな度胸がない。お金はかき集めれば何とかなるかもしれないが、

「エイ、ヤッ」と思う気持ちが既にない。いい時計は、四十代の頃に思い切って買うものだ。

そして、「ジュエリー期」は五十代の時かもしれない。自分の手を見て、もうジャンクなアクセサリーが似合わないと気づいた時、

「もうちょっと本物のジュエリーを身につけよう」

と思うはずだ。

そろそろいいかなと宝石店をのぞいて、気に入ったものを買う。最初はうんと安いものから始める。が、次は勧められて、もっと高いものになっていく。宝石は着物と同じで、いったん絆が出来た客は、二度と離さないようなシステムになっているのだ。

やがて、顧客向けのパーティーや、食事会に誘われるようになる。華やいだ楽しい気分にしてくれるのはあちら側のやり方だ。わかっているのにすぐにまた、

「エイ、ヤッ」

が始まるのである。そう、「時計期」と同じ、

「どうにかなるだろう」

という気持ちがわいてくるから不思議。そのうえ、娘を持っている女は言いわけが出来る。いずれは娘に譲るのだからという名目がある。

私は昔、大きなダイヤを買った友人が、

「いずれは息子の嫁のものになるかと思うと、口惜しくて口惜しくて」

と言うのを聞いて驚いた。娘を持つ母親はそんなことを考えないものである。

しかし、と思う。将来娘は、母親の宝石なんか大切にするんだろうか。そんな時代はやってこないような気がする。時計もジュエリーも、所詮自分一代のものだと思った方がずっと気が楽である。

そして自分の手を飾ってくれるものをいとおしく見つめながら、中年から初老へと時はすぎていくはずだ。よくこんな高いものを買ったものだと、過去の自分に感嘆する。なんて若く、何て思いきりがよかったのだろうかと。

女はこの二つの「遺産」によって、かなり長く幸せにおしゃれに生きていくことが出来るはずだ。

スマホでポチ買いもいいけれど、ショップで知らない流行に出合うほうがよっぽど大切

最近忙しさのあまり、ジムに行く時間が全くない。

以前はデブはデブなりに、「努力しているデブ」であった。筋肉も多少はあったはずである。それなのに、あっという間に「何もしてないデレッとしているデブ」になってしまった。お腹のあたりがだらしなくだぶついている。

先日週刊誌を読んでいたところ、「歩くのがいちばんいい」と書いてあり、ちゃんと実践するようになった。

東京駅に行く時は、千代田《ちよだ》線の二重橋前《にじゅうばしまえ》で降り、長い長いコンコースを通り、出来るだけ階段を使ってホームへ向かう。

羽田《はねだ》空港の場合は、遠くの入り口にタクシーを止め、てくてく歩く。空港というのはとても広く、ちょっと歩いただけでもかなりの運動になる。こうしてこまめに歩いていくと、スマホの歩数が八千歩から九千歩になってとても嬉しい。しかし目

標とする一万歩までにはまだまだだ。

そんなある日、ちょっと時間があったので、六本木《ろっぽんぎ》から西麻布《にしあざぶ》を通り、表参道まで歩いていた。これがとても楽しかった。新しいビルがいくつも出来、その中に素敵なギャラリーが出来たりしている。スイーツのお店がとても可愛い。

そして私は考えたのである。この頃散歩をまるでしなかったなあと。点と点との間を、タクシーで移動するばかり。気をつけて電車を使ったり歩くようにしているけれども、それでも寄り道をしないことには変わりない。これは最近の私の暮らし方にも通じるのではなかろうか。

この頃、通販はとても好きになり、ワンクリックで購入が多い。しかしお店に入ってみると、

「こんなものが流行っているのか」

と目を見張るものがいっぱいだ。スカーフやニットなどちょっとしたものをつい買ってしまう。

最近どうしてみんな本屋さんに行かないんだろうという話になった。

「欲しいものはアマゾンで買うもの」

と若い人は言う。大人もそのとおりと言う。しかし本屋に行く楽しみというのは、

棚いっぱいに並ぶ本を見て、自分が欲しかったものとは別のものをつい買ってしまう。つまり、

「余計なものを買ってしまう」

ことだと思うのである。

つい先日、経済誌の記者の方からインタビューを受けた。

「最近どんな仕事を」

と聞かれたので、

「新聞の連載小説を毎日書いてますけど」

憮然《ぶぜん》として答える私。自分で言うのもナンであるが、その小説は最近とても人気で、週刊誌でも特集が組まれるほどだ。この記者さん、まるで勉強してこないなあとがっかりし、ふと思いあたることがあった。

「もしかして、新聞読んでいらっしゃらないんですか」

「ええ。たいていのことはネットでわかりますから。LINEニュースを読めば済みますから」

平然と答える人に、

「経済誌の人が、新聞読まないってどういうことなんですかね」

と、つい嫌味を口にしてしまった。

そもそも新聞は面白い。紙面をめくっていると、ふだん私が興味を持っていない分野の記事でいっぱいだ。国際面で最新のシリア情勢が、経済面ではインバウンドの行方という記事が載っている。どちらも私の苦手の分野である。最初見るつもりはなかった。が、おめあての記事にたどりつくためにめくっていると、

「余計な記事を読んでしまう」

のである。

これは人間関係にも言えることではないだろうかとこの頃考えるようになってきた。目的の人だけに突っ走らない。余計なことをしてみる。余計な人にめぐり逢ってみる。これはとても大切なことではないだろうか。

今から十数年前、私の第一目標は仕事であった。とにかくいい小説を書かなくては、もっと取材に行かなくてはと、そのことばかり考えてきた。だから子どもが学校にあがり、ママ友とつき合うのは、私にとって全くの寄り道、余計なことだと感じたのである。

そこにはたくさんのお母さんたちがいた。私が日頃知っている、マスコミ関係者とはまるで違う人々である。そして今、私はそのうちの何人かと深い友情を結び、

それは今も続いているのだ。

余計なことはしなくてはいけない。無駄なことをしないと、人の心は痩せ細っていくばかり。もし無用だと思っても、興味があったら結婚はした方がいいと、若い人たちに言っている。

眠っていたものをまた使いだす時は、それを買った昔の自分に「ありがとう」を言う時

「断捨離」という言葉が定着してもう何年にもなるが、私は「大放出」という言葉を流行らせたい。

蓄《た》め込んでいたものを、自分のために使う、ということである。

「結婚披露宴の引き出物を使い始めたら、女はもう諦めたということ」などということを、私は大昔に書いた。つまりお返しにもらった食器を、やがてやってくるであろう自分の〝新婚生活〟のためにとっておくのはムダ。三十を過ぎたら、もうふだん使いにしようと考えたのである。

何年か前、地方の有名な陶芸家のところへ友人と行った。仕事場にショップがあり、数百万円の茶道具から、ふつうの食器までが並んでいる。そこで一人が、

「これ、酢のものなんか盛ったらよさそう」

と小鉢を五客買ったのだ。二十数万円という値段がついていたので、

「まさか、ふだんには使わないよね」

と問うたところ、

「毎日使うわよ」

という返事。

「あと何年生きるかわからないんだから、こういうものは毎日使わなきゃ」

彼女は名家にして大金持ちの奥さんである。さすがと思ったが、まだ四十代の若さだ。その彼女が、

「あと何年生きるのだろう」

という言葉を使うなんてと驚いたが、おそらく購入を決意するための、自分への励ましだったのだろう。

あれからまた年月がたち、さらに年とった私。根っから楽天家なので、残り時間が少なくなっていることは意識していない。しかし、

「そろそろ使ってやらなくては」

という思いは、日に日に強くなっている。

クローゼットや棚を眺める。洋服や着物はややこしくなるのでさておいて、積んであるハンカチの箱を見た。プレゼントにもらった汕頭《スワトウ》の豪華なハンカチ。これを

全部おろすことにした。

話が飛ぶようであるが、人前でタオルハンカチを使うというのは、大人の女性としてはどうかと思う。あれはお手洗いの後などに一枚は必要であるが、人がいるところで汗をおさえたり、鼻の下にあてたりするなら、やはり繊細なハンカチであろう。

最近テレビを見ていたら、かつて人気があった俳優さんに、事実婚の女性がいるという。その女性が初登場というので、彼女のモザイクがいっぺんに取れた。ちょっと驚いた。緊張しているのか、しきりにハンカチを顔にあてる。それが茶色のハンドタオルだったのだ。この時白い汕頭だったら、彼女の印象はかなり違っていただろうに…。

いいハンカチは、大人の女性の必需品である。

そして次に私が着手したのは宝石だ。といってもたいしたものを持っているわけではない。若い時から、宝石にはあまり興味はなかった。といっても、ダイヤは幾つか持っている。中でも気に入っているのは、注文してつくってもらったスクエアのダイヤだ。まわりに小粒のダイヤを、というのを断わってすっきりとしたデザインにした。ダイヤモンドは、宝石箱にしまい込むと億劫《おっくう》になってくる。よっていつも時計をほうり込んでおくトレイに入れてある。私の持っている中で最も高価な宝石、ヴァン クリーフ&アーペルの、ダイヤとルビーの花のリングも、この中に入れた。

昔、これらの指輪を身につける時は、うんとオシャレをしたものであったが、今では毎日つけている。ダイヤでもルビーでも、毎日つけていると、そのことを意識しなくなってくる。人に、

「すごい指輪だね」

と言われて初めて気づく。洋服が地味めなので、キラキラおばさんにはなっていないつもりだ。

靴も同じ。このところエルメスのローファーをかなり乱暴に履いている。靴箱の奥にあるブランドものを、春にいっせいに出したのだ。

バッグも大放出が始まった。私はバーキンをおっかなびっくり持つのは、とてもカッコ悪いと思っている。そう大切そうに肘にかけるアレだ。

このところ、黒いバーキンを毎日のように持っていたら、角のところが白くすり切れてしまった。この夏はブルーも、ふだん使いにするつもり。

うちの中でたくさん眠っていたものに、魔法をふりかけてやる「大放出」。手放

さず、すり切れるまで使う。そして頑張って買った自分と向き合い、ありがとうを言おう。

〝グレイヘア〟は甘いもんじゃない。ありのままでいるための努力は厳しいものだから

年齢を表すものは、髪と肌だと固く信じている私。であるからして、髪と肌の手入れは怠らない。だったらダイエットをもっとちゃんとしろ、と言われそうであるがそれは別の話。

肌もいろいろなことを試しているけれど、髪も低周波をあてたり、ヘッドスパをやったりといろんなことをしてもらっている。が、そのためだけの時間はないので、サロンに行くたびにオプションとしてやってもらっているのだ。

対談、取材が週に二回はあるうえに、時々は講演会も入る。そのたびにサロンに行くので、おそらくプロにかかる回数は、ふつうの人よりもずっと多いだろう。幸いなことに、うちの近くには八時半からやっているサロンがあるので、便利なことこの上ない。まるで私の専門ヘアドレッサーのようである。しかもその店は、四十代の男性が一人のスタッフのため、思う存分夫のワルグチとかも言える。私の大切

なストレス解消の場となっているのだ。

昔、私の友人のお父さんが亡くなった時、彼女は残されたお母さんのことをとても心配していた。お父さんは小さな会社を経営していたのであるが、それを叔父さんに譲るにあたって、条件をひとつ出したという。

「今までどおり、母が週に二回美容室に行くような余裕ある生活を、ちゃんと保証してほしい」

その時私は、東京のいいところの奥さんというのは、週に二回も美容室に行くのかと感心したものである。しかし今ならわかる。トシとってくると、サロンでシャンプーをしてもらうようになるからだ。

私はすべてサロンというわけでもなく、その合い間には自分でシャンプーする。が、回数はふつうの人よりとても少ないだろう。そのためにブロウがとてもヘタ。ドライヤーをあて、ロールブラシを使うのであるが、次の朝にはバサバサになってしまう。その髪のままサロンに行くと、ちょっとイヤな顔をされてしまう。

「うちで出しているヘアローションつけてくださいよ」

と青山のサロンのオーナーに言われた。私はふだんのブロウは、例の歩いて数分の店でやってもらうのであるが、髪の本妻といおうか、メインのところは青山にあり、ここでカットとカラーリングをしてもらうのである。

今の髪は落ち着いたブラウンにしてもらい、とても気に入っている。艶も出てきてサラサラ。そして時々私はこうオーナーに尋ねる。

「そろそろ私も、流行のグレイヘアにしようかな」

「ダメダメ」

オーナーは首を横に振る。

「まだグレイヘアは、ハヤシさんの顔に似合わない」

私はその答えを聞きたくて、同じ質問をしているのかもしれない。

最近グレイヘアが大流行である。有名人が次々と転向して話題になっている。が、これに対してヘアメイクの人たちは、あまり賛成していないようだ。

「グレイヘアが似合う人っていうのは、実はあんまりいないんだよ」

顔カタチがもともと美しく、スタイルもいい。何よりもセンスがよくて、ファッションもメイクも決まっている。こういう女性じゃないと、グレイヘアで「素敵」ということにはならないらしい。この意見に私も同感である。

先日、初対面の女性と話していて、私よりずっと上だと思っていたら、私よりも年下でちょっと驚いた。半分白髪の髪がとても老けてみえたからだ。茶色のカーデイガンも、おばさん、という感じであった。

「ありのまま」という言葉は、蜜のように甘い。そのままでも自分は自分、とても素晴らしいのという自信は、もちろん持ってもいいものであろう。

が、「ありのまま」は、ひとつ間違えると居直りになってしまう。「ありのまま」というのは、何の努力もしないということではない。いろいろ試した末の決断であるべきだ。「ありのまま」でいるためには、いろいろなテクニックもいるし、手間もお金もかかるはず。

本屋へ行って、

「あなたもグレイヘアに」

という表紙のファッション誌を見るたび、

「そんなに甘いもんじゃない」

とつぶやく私。いずれ私も近いうちにグレイにする。いや、なる。その時の目標は草笛《くさぶえ》光子《みつこ》さん。たっぷりとした銀髪が本当に美しい。お会いしたことがあるが、毎日の努力はすごかった。ストレッチは欠かさないという。ほったらかしの「ありのまま」などあり得ないのだ。

初出　「ＳＴＯＲＹ」二〇一四年三月号～二〇一九年四月号
二〇一九年六月　光文社刊

光文社文庫

女《おんな》はいつも四十雀《しじゅうから》

著者　林《はやし》真《ま》理《り》子《こ》

2022年7月20日　初版1刷発行

発行者　鈴木広和
印刷　新藤慶昌堂
製本　ナショナル製本

発行所　株式会社　光文社
〒112-8011　東京都文京区音羽1-16-6
電話（03）5395-8149　編集部
8116　書籍販売部
8125　業務部

ISBN978-4-334-79390-6　Printed in Japan

組版　萩原印刷

スクール・ウォーズ　馬場信浩
CIRO　浜田文人
機密　浜田文人
利権　浜田文人
叛乱　浜田文人
ロスト・ケア　葉真中顕
絶叫　葉真中顕
コクーン　葉真中顕
Blue　葉真中顕
アリス・ザ・ワンダーキラー　早坂吝
「綺麗な人」と言われるようになったのは、四十歳を過ぎてからでした　林真理子
私のこと、好きだった？　林真理子
出好き、ネコ好き、私好き　林真理子
母親ウエスタン　原田ひ香
彼女の家計簿　原田ひ香
彼女たちが眠る家　原田ひ香
密室の鍵貸します　東川篤哉

密室に向かって撃て！　東川篤哉
完全犯罪に猫は何匹必要か？　東川篤哉
学ばない探偵たちの学園　東川篤哉
交換殺人には向かない夜　東川篤哉
中途半端な密室　東川篤哉
ここに死体を捨てないでください！　東川篤哉
殺意は必ず三度ある　東川篤哉
はやく名探偵になりたい　東川篤哉
私の嫌いな探偵　東川篤哉
探偵さえいなければ　東川篤哉
犯人のいない殺人の夜　新装版　東野圭吾
怪しい人びと　新装版　東野圭吾
白馬山荘殺人事件　新装版　東野圭吾
11文字の殺人　新装版　東野圭吾
殺人現場は雲の上　新装版　東野圭吾
ブルータスの心臓　新装版　東野圭吾
回廊亭殺人事件　新装版　東野圭吾

光文社文庫最新刊